Umschlaggestaltung unter Verwendung des
Acryl-Bildes „Schwanensee"
von Ingrid Brandenburger

Bordesholmer Edition
Band 31
2017

Familienbande

Jürgen Baasch, Christa Bollert, Elisabeth Albert, Gisela Eichholz, Gudrun Schulz-Pohlen, Ingrid Brandenburger, Regina Gay, Thorsten Schönberg und Traute Lütje

Redaktion Elmer Schmidt

Inhaltsverzeichnis

Vorwort

von Jürgen Baasch

Die Familie in der Krise.
Gilt noch: Blut ist dicker als Wasser?
Die strukturellen Veränderungen der Familie, ihre gesellschaftlichen und historischen Ursachen und die sozialen sowie psychologischen Folgen bewegen uns seit Jahrzehnten. Statt traditioneller Bindung gibt es eine nie dagewesene Unübersichtlichkeit, statt generationenübergreifender Kontinuität gibt es zusammengebastelte Biographien im Planungskomplex Leben. Wachsen in der Gesellschaft die Risiken, kann es auch nur die Risikofamilie geben. Die Ausprägungen der nachfamilialen Familie sind vielfältig, es entstehen Zwischenformen, Nebenformen und Nachfolgeformen. Die Familie scheint aus der Balance zwischen Flexibilität und Stabilität gekommen zu sein. Ein Beleg dafür, dass sich der Rang der Familie im Lebensentwurf vieler Menschen seit Ende des letzten Jahrhunderts verändert hat, sind die rückläufigen Heirats- und auch Geburtenziffern. Noch ganz oben steht Familie, wenn Menschen gefragt werden, was ihnen am wichtigsten ist. Allerdings wird die Familie im sogenannten Werte-Index von Gesundheit, Freiheit und Erfolg arg bedrängt. Da überrascht es, dass bei jungen Leuten die Familie einen hohen Stellenwert hat. In der Shell Jugendstudie wurde festgestellt, dass 90 Prozent der befragten Jugendlichen ein gutes Verhältnis zu ihren Eltern haben, die Familie ihnen wichtig ist. Weil das wohl immer so war und alle in eine Familie hineingeboren sind, war die Familie seit jeher auch Thema von Literatur. Man liest gerne, wie

es bei anderen zugeht. Spätestens seit den Buddenbrooks sind Familienromane und Familiengeschichten im Trend. Aktuell zum Beispiel Peter Pranges „Unsere wunderbaren Jahre". Darin erzählt der Autor die Geschichte der Bundesrepublik Deutschland. Natürlich in Form eine Familiensaga.

In diese unübersichtliche Gemengelage hinein kam aus der Schreibgruppe der Vorschlag, als Rahmenthema für die „Schreibwerkstatt im Turm" das Thema „Familie" zu nehmen. Eine Familie hat ja schließlich jeder. Mehr oder weniger. Und so kamen in einem Jahr gemeinsamer Arbeit unterschiedlichste Geschichten und Texte zustande, die wir in unserem Buch „Familienbande" vorlegen. Die verschiedenen Erfahrungen der Autorinnen und Autoren und ihre Wahrnehmung von Familie machen dieses Buch zu einem schillernden Kaleidoskop vielfältigster „Familienbande".

‚Stammbaum'
Ingrid Brandenburger

Gudrun Schultz-Pohlen

Familie

Verwandte, Sippe, Angehörige, Familienkreis, die Meinen, Mischpoke, Sippschaft, Clan, Bagage, Anhang, Kind und Kegel.

F - Freude, Frieden
A - Achtsamkeit, Anlehnen
M - Mütterlichkeit,
I – Intuition
L – Liebe, Licht
I – Identifikation
E – Empathie, Einigkeit

F – Furcht
A - Aufregung
M - Misstrauen
I - Irrtum
L – Lüge
I - Intoleranz
E - Erschütterung

Assoziationen: Liebe, Lachen, Geborgenheit, Gemeinschaft, Rücksichtnahme, Vertrauen, Mutter, Vater, Kind, Oma, Opa, Tante, Onkel, Cousin, Cousine, Vertrauen, Hilfsbereitschaft, Gerechtigkeit, Humor, Erziehung, Patchworkfamilie, miteinander reden, gemeinsam essen, gemeinsam arbeiten, gemeinsam feiern.

Assoziationen: Scheidung, Unterhalt, Sorgerecht, Besuchskontakt, Streit, Wut, Misstrauen, Rücksichtslosigkeit, Schreien, Lügen, Verlassenheit, Alleinsein, Gericht, Trennung, Missachtung, Vergewaltigung, Gewalt, Macht, keine Zeit, Arbeit, Umgangsrecht, Einsamkeit.

Jürgen Baasch

Hebbt Hunnen en Familie?

Üm Klockenslag veer stünn de Koffiepott op´n Disch. Siet Minschengedenken weer dat so. Nu harr Kathrin dat Seggen in de Köök op den Groth-Hoff. Johr un Dag keemen de Lüüd to`n Koffiedrinken an den grooten Köökendisch. Nich blots de Familie, jedeen ut Dörp, de na een lütten Klöönsnack bi een Tass Koffie jieper, sett sik an den blankschüerten Disch. In de Sommertied keemen – na kloor doch - ook een poor Feriengäst dortau. Mennicheen bröcht Koken mit, vun`n Utflog na den Bäcker oder sülven backt. Avers nu, in`n düsteren Nevelmaand, weern de Dörpslüüd ünner sik.

Kathrin wisch noch mol mit dat Faatdook üm den Koffiepott, dor güng de Döör ok all op. Dor an, wo dat Thema in`n Snack keem, wüss achteran keeneen to seggen. Hannes Mißfeld bröcht dat op`n Punkt:

„Kloor hebbt Hunnen en Familie. Mien Herkules hett een Stammboom, de fief Generatschoonen opwiest. Dat is een Grootfamilie."

Hannes lehn sik in den Köökenstohl torüch un plier stolt in de Runde. Karen, de ehren Fiete ut dat Tierheim keem, segg:

„Fiete kümmt ut Rumänien. Sien Familie weer dat Rudel op de Straat."

Dat kratz an de Döör. Ham Groth mook de Klööndöör op, un een Hund keem rin. Een beten höger as een

11

Dackel, swattet un bruunet kortet Fell, sluutohrig un dick. He schüddel sik, dat de Waterdrüppen dörch de Köök stöven.

„As schient hett Lumpi baadt, un nu will he sik an'n Kacheloven drögen," grien Hannes Mißfeldt.

„Mag jo wesen, aver dat mit den Kacheloven in de goode Stuuv warrd nix. He mutt all mit een Platz an`n Herd tofreden wesen." Ham Groth wies Lumpi na sien Platz, wo de sik ok fix lang maak. „To Lumpi sien Familie is to seggen: All de Hunn in`t Dörp sünd sien Familie. Een beten seht de mehrsten in de letzten Johr ut, as den Wichelbuurn sien Krause. Swattet kruset Fell. Dat is een Patchworkfamilie."

„Allens dumm Tüüg!" De Schoolmeester, de mit an`n Disch seet – he weer jümmers dor, wo dat wat to eten un to drinken geev – räusper sik, un all wurrn still. Se wüssen, he harr wat to seggen:

„Allens dumm Tüüg! Hunnen hebbt gor keen Familie!" ledder he mit sein Hostenbontjebass los; „jichtenfalls nich so een Familie, as wi se verstaht. Mit Vadder, Modder un Kinner. Glieks, wenn de Hunnvadder sien Vergnögen hatt hett, verdrückt he sik. Dat is bi de Zuchthunn nich anners as bi de Straatenköters. Nix is mit Pleeg un Ünnerholt för de Lütten. Un hebbt ji all höört, dat een Richter de Schlawiners bi de Büx kregen hett?"

De annern weern platt un schüddkoppen. Sodennig harrn se de Saak noch gor nich ansehn.

„Avers, mien Daams, keen Grund to triumferen. De Frunslüüd bi de Hunn sünd blots een beten beter." He kiek de dree Fruns in de Köök, de an sine Lipen hungen, an: „Söss Weeken kümmert sik de Hunnmodder üm ehr Brut. Mit vullen Insatz. Se kriegt to eten un warrd inhoed. Keen de Lütten an`t Ledder will, de kriggt dat mit de Hündin to doon..." – „Dor

12

kanns op af," snack Peter Pingel dortwischen. „So as man sik vertellt, kann de Fietz vun de Möhl dor een Leed vun singen. De sull junge Hunn in`n Möhlendiek versupen. He harr se in`n Sack, un de Hündin weer op`n Hoff insparrt. Avers de Lütten jiepern. Dor is de Modder över den Tuun kladdert un ahn een Luut achter den Fietz ran. As de dat wies wurr, leet he den Sack fallen un huul af. Den Kantüffelsack hett de Hündin fix uteenanner fetzt, un stolt is se mit ehr Kinner torüch na de Möhl marscheert."

„Jo, dat geiht sachts an;" segg de Schoolmeester, „aver na söss, laat dat hoch kamen na acht Weeken is nix mehr mit Modderleev. Nu is Sluss. Modder maakt de Göörn klaar, dat se nu wedder ehr oldet Leven leven will. Se lett nich mit sik snacken. De Hündin sleit sik de Welpen jüst so fix ut`n Kopp as den Rüden. Un wenn een vun de Lütten doch noch mol bi ehr anschmusen will, denn knurrt se em an oder bitt em in de Back." De Scholmeester weer mit sien Ünnerricht to Enn, lang na een Stück Koken un sien Koffietass: „Nee, Hunnen hebbt keen Familie!"

As in disse Daag Lukas op de Welt keem, hett Lumpi em gliek in sien Hart sloten. He leeg stünnenlang vör dat Kinnerbett un knurr, wenn Frömde sik den Lütten ankieken wullen. Wenn Kathrin ehren Jung in de Stuuv op den Footbodden legg, denn smuus Lumpi sik an em ran un kuschel sien Snut in de lütten Patschhänn. Lukas lehr fix to krabbeln, un mennigmol weern Hund un Jung tohopen mit ehr Snuten in Lumpis Freetnapp togang. De beiden weern een Hart un een Seele, Lumpi nehm sien lütten Fründ nix övel. As he lopen kunn, leet de Jung sik geern vun den Hund trecken. He kreeg Lumpi an`n Steert tofaten un krei: „Hüh, Hüh!" Gedüllig sleep Lumpi den Lütten över den Hoff. Ook bi Nacht weeren de beiden tosamen: Lumpi sleep in`n Korv blangs Lukas sien Bettstaed. Trennt wurr dat Poor, as Lukas mit een groote Tüüt in de School keem. Dor dörf Lumpi nich mit hin. Hunn weern für den Ünnerricht nich vörsehn. So bröcht Lumpi sien Fründ jedeen Morgen na den Schoolbus. An`n Middag tuut de Busfahrer, wenn he an den Hoff vörbiföhr. Denn flitz de Hund los un haal Lukas vun de Hollsteed af. An`n Namiddag hebbt de beiden denn op`n Hoff speelt un rümjachtert. Jümmers geef dat wat Nieges to beleven. Versteken weer ehr leevstet Speel. Wenn Lukas sik versteken sull, seet Lumpi still op sien Platz, bet de Jung sien Versteek funnen harr. Denn snöker un snüffel he rüm un leet sik bannig Tied, bet he Lukas opstöver. An dissen Dingsdag Namiddag, dat weer all meist in de Schummertied, versteek sik Lukas in een grooten Karton. Modder harr een niege Waschmaschin kreegen, un den Karton harr Vadder op den Hoff stellt. De sull bi Gelegenheit in`t Füer. Lukas groote Broder Jörn dörf op`n Hoff all Trecker fohrn. Nu sull he Silaasch ut de Miete holen un in`n Kohstall bringen. Dor keem em de Karton in`n Blick. Den wull he platt maken. He schalt een Gang rünner, geev Gas un bruus op den Karton los. Lumpi, de jümmers genau wüss, wo Lukas sik versteeken harr, galoppeer in groote Sprüng op den Trecker to un wull em bremsen. Jüst in den Momang steek Lukas den Kopp ut sien Versteek. As in een langsam loopen Film leep de Szene vör Lukas Oogen af, un he sull noch mennig mol vun ehr drömen. Jörn güng in de Brems, un Lumpi keem bi dat Vörderrad an. De Hund schruuf sik in de Luft, avers he wurr fastholen. Sein Muul weer wiet opreten, un ut de Oogen blitz blanke Pien. Jörn harr em an een Achterbeen tofaten kregen, jüst bevör de Trecker stünn.

In Dr. Rahn sien Tierklinik flicken se Lumpi so good as dat güng wedder tosamen. Avers dat rechte Achterbeen müss af. Dor bleef blots een Stummel stahn. So lang Lumpi in de Tierklinik weer besöök Lukas em jedeen Namiddag un snack mit sien Fründ. Lumpi keem mit sien dree Been snell goot torecht un suus bald wedder mit Lukas över den Hoff. As he dat eerste Mol mit sien dree Been to Koffietied in de Köök keem, weer de Unfall noch eenmal Thema. Jörn seet mit an`n Disch un segg: „Lumpi hett grooten Moot wiesen. He hett allens riskeert för Lukas. He is een Levensredder!" All nickköppen un weern still. Dor segg Kathrin: „Ja, so as dat jedeen in een gode Familie för den annern deit. Un Lumpi höört doch to uns Familie." De Schoolmeester, de sik jüst een Tass Koffi inschenkt harr, segg dütmol gor nix.

Lumpi leev noch een poor Johr op den Hoff. As he insloopen weer hett Lukas em een Kassen timmert un in`n Goorn een Graff schuffelt. Bi´n Koffie na de Beerdigung segg Lukas: „Ik weet nu, worüm Hunn so veel eher doot blievt as Minschen. Een Minsch mutt sien ganzet Leven lang lehren, een goode Minsch to warden. Dat bruukt Tied. De Hunn sünd vun Anfang an good."

Elisabeth Albert

Aus dem Leben des ,Johann Niß'

Der große angeknitterte Briefumschlag auf meinem Schreibtisch beherbergt ein Sammelsurium alter Dokumente, von denen ein jedes seine eigene Geschichte hat. Eine von ihnen will ich erzählen.

Vor mir liegt der Impfnachweis eines „Johann Niß", über 200 Jahre alt. Das Formblatt ist gedruckt, der Text in deutscher Sprache abgefasst, die Personalien sind handschriftlich eingesetzt. Als Geburtsdatum werden der 3. März 1809 und die Taufe am 5. März desselben Jahres genannt. Ich erfahre, dass der Täufling *ehelicher Sohn des hiesigen Bürgers und Hufschmiedts Johann Niß und seiner Mutter Catharina Margareta, geborene Damlos,* ist. Nach der Unterschrift des Arztes folgen zwei weitere handschriftliche Notizen, eine zur Konfirmation am ,Sonntag Palmarum 1825' und eine weitere zur Eheschließung des Johann Niß in Heiligenhafen im Jahre 1837. Seitlich auf dem Schreiben ist ordentlich quittiert, dass Gebühr und Stempel bezahlt wurden.
Übrigens trägt das Dokument im Kopf das Siegel des dänischen Königs Friedrich VI. Dieser hatte 1806 einen günstigen Moment genutzt und Holstein der dänischen Monarchie einverleibt.
Hatte er Geschwister, dieser Johann Niß? Ich weiß es nicht. Dass er schon zwei Tage nach seiner Geburt

getauft wurde, fällt heute auf. Damals war die alsbaldige Taufe Gesetz. Mit vier Jahren konnte er dann mit den Kuhblattern geimpft werden. Auf dem Schein wird der Erfolg der Impfung bestätigt, er war für sein weiteres Leben gegen die gefürchtete Erkrankung an Pocken gefeit.

Pocken, Pest und Cholera hatten über Jahrhunderte fürchterliche Seuchenzüge ausgelöst. Die Pockenimpfung war damals noch ganz neu und ein Meilenstein in der Seuchenbekämpfung. Man musste nicht mehr hilflos dem Sterben zusehen, sondern konnte eine Ansteckung verhindern. Johann Niß gehörte zu den allerersten Jahrgängen, die geimpft wurden.

Es spricht alles dafür, dass er der Vater eines Paul Heinrich Niß war. Dieser wurde 1839 *in Heiligenhafen geboren und heiratete später die Mutter meiner Großmutter. Er war also mein Urgroßvater.*

Doch nun zurück zu unserem kleinen Johann Niß: Sein Vater hatte sicher als Hufschmied viel zu tun, denn Pferde waren für alle Feldarbeiten und jedweden Transport unverzichtbar, ohne Pferde ging gar nichts! Sie mussten auf steinigen und zunehmend befestigten Straßen ihre schwere Arbeit verrichten, was die Hufe extrem abnutzte, sodass sie mit Hufeisen beschlagen werden mussten. Wer vom Lande kommt, wird wissen, dass ein guter Hufschmied zwar Kraft, aber auch ein sehr geschicktes Händchen braucht, sonst ist das Pferd anschließend unbrauchbar.

Man hatte schon vor Jahrhunderten den Beschlag mit Eisen entwickelt, um die Pferdehufe zu schützen. Diese Hufeisen müssen als Rohling vom Schmied rotglühend erhitzt und dann mit Hammerschlägen genau an die Hufform des jeweiligen Pferdes angepasst werden. Vor dem Befestigen wird das glühende Eisen kurz an die Sohle des Pferdehufes gehalten, wodurch es sich unter lautem Zischen und beißendem Qualm in das Horn frisst. So erreicht der Schmied, dass es später überall plan aufliegt. Fast noch diffiziler ist das Befestigen am Huf: Mit Nägeln, die eine ganz bestimmte Form haben müssen und denen der Schmied im Verlauf des Befestigens auch noch eine gewölbte Linie vorgeben muss, wird das Eisen am empfindlichen Huf befestigt. Es gibt nur eine sehr schmale Zone, in der dies schmerzfrei möglich ist und wo dann durch das kunstvolle Umnieten genug Haltbarkeit am Huf erreicht wird.

So wird der kleine Johann mit den Geräuschen und Gerüchen aus der Schmiede seines Vaters aufgewachsen sein: Dem Fauchen des Blasebalgs, der die Glut erhitzte, den schweren Schlägen der Schmiedehammer auf dem Amboss, dem beißenden Qualm beim Anpassen der heißen Eisen, dem Zischen, wenn es nach dem Zurichten in Wasser abgekühlt wurde, dem Geklapper der Pferdehufe und dem sicher eher rauen Ton der Männer untereinander. Das Handwerk der Schmiede war in alten Zeiten immer etwas ganz Besonderes, denn sie stellten ja auch die Waffen her. Es hatte etwas Archaisches an sich und war von einem Geheimnis umweht, denn nur die Schmiede konnten das Metall gefügig machen.

Um eine konkrete Vorstellung von den damaligen Lebensbedingungen zu bekommen, habe ich in vielen Schriftstücken gesucht. Besonders ergiebig war ein Buch aus dem Jahre 1925. Es heißt ‚Aus dem Winkel, Heimatkundliches aus dem Kreis Oldenburg'. Der Autor namens Böttger, war seinerzeit Lehrer in Oldenburg. Er hat die Archive von Oldenburg und Heiligenhafen durchforscht und längst Vergessenes festgehalten.

Unser kleiner Johann Niß wurde in eine unruhige Zeit

hineingeboren: Napoleon hatte 1806 die preußischen Truppen geschlagen und befand sich auf dem Höhepunkt seiner Macht. Dänemark und zwangsläufig dadurch auch Holstein waren mit ihm verbündet. Napoleon wollte unter allen Umständen die Macht seines Erzfeindes England brechen und gab Befehl, eine Wirtschaftsblockade zu errichten. Es wurde alles unternommen, um das Anlanden von englischen Waren oder gar Streitkräften an Holsteins Küsten zu verhindern.

Nun ist ein Embargo nur so wirkungsvoll, wie es dann auch durchgesetzt wird. Die Nordseeküste mit ihren Häfen befand sich schon weitgehend unter Kontrolle der Franzosen, aber die englischen Seeleute wussten sich zu helfen: Sie fuhren durch das Kattegat in die Ostsee und umgingen die Blockade.

Man hatte bereits 1801 das Aufstellen einer "Küstenwehr" befohlen. An der ganzen Ostseeküste entlang wurden sogenannte Distrikte gebildet, in Ostholstein an die adeligen Güter angelehnt und von diesen kontrolliert. Mehrere Güter zusammen stellten eine Strandwache, die dann auf der hohen Steilküste bei Hohwacht, Weißenhaus, Putlos, und Kembs postiert wurde. Diese Strandwachen waren rund um die Uhr mit berittenen Doppelposten besetzt, die das Meer und die Küsten beobachteten. Landete der Feind, so sollte als Signal eine auf einer Stange befestigte Teertonne angezündet werden. Weiter im Land sollten dann die Kirchenglocken läuten, die Linientruppen wurden ebenfalls alarmiert und alle würden *mit der größten Eile an den Strand rücken, um Landung, Raub und Plünderung zu verhüten.*

Im Jahre 1807 beschossen die Engländer Kopenhagen, jetzt gab es offenen Krieg! Als erstes wurde eine Küstenmiliz gebildet. Diese Miliz sollte aus Freiwilligen bestehen, die nicht mehr als zwei Meilen von der Küste entfernt wohnten. Sie sollten sich mit Waffen versorgen, wobei Heugabeln, Sensen, Säbel und Degen genannt werden. Als Unterbefehlshaber wurden *vernünftige Männer aus dem Bauern- und Handwerkerstande genommen, als Befehlshaber dann Männer aus dem Kreise der Gutsbesitzer und königlichen Beamten.* Zwar meldeten sich Freiwillige, doch es stellten sich bald Probleme ein: Untergebene und Führer kamen nicht so recht miteinander aus, denn die Freiwilligen waren ohne jede Disziplin, eben keine Soldaten, und die Befehlshaber ohne Autorität. Böttger schreibt: *So beschwerte sich der Gutsbesitzer August Lassen auf Siggen über die Unbotmäßigkeit der Heringsdorfer Miliz gegen den Unterbefehlshaber und bat, in vorkommenden Fällen solchen Ungehorsam mit fünf Reichsthalern brüchen zu dürfen.*

Das Gebiet wurde zusätzlich mit einer dänischen Küstenbewachungstruppe besetzt, dem Regiment ‚Christian Friedrich'. Obwohl die Soldaten auch dem Schutz der Bevölkerung dienen sollten, waren sie den Aufzeichnungen zufolge weniger ein Segen, als vielmehr eine große Belastung, denn mit ihnen begannen die Einquartierungen und Fahrdienste: In die Oldenburger Kirche wurden Kanonen, Pulverkarren und Pulver gebracht, der Dachboden des Pastorats voll Hafer geschüttet und im Erdgeschoß ein Lazarett eingerichtet. Das konnte nicht gut gehen, es gab zu viel Unruhe für die Kranken. Also wurde der Hafer wieder aus dem Pastorat herausgeholt und in der Kirche gelagert. Vorher war man natürlich mit allen Kanonen samt Karren und Pulver ebenfalls umgezogen, in eine Scheune. Wenn man Berichte aus dieser Zeit liest, findet sich oft, dass gerade Kirchen für Einquartierungen und sogar als Stallungen für die Pferde genutzt wurden. Ich vermute, weil sie oft die größten Gebäude in den Städten waren und eine große freie Innenfläche hatten. In den öffentlichen Gebäuden wurden Magazine eingerichtet, so auch in Oldenburg. Das Rathaus der Stadt wurde komplett mit Ausrüstungs- und Bekleidungsstücken belegt.

Die Bevölkerung war verpflichtet, die Truppen mit Nahrungsmitteln und Futterstoffen für die Pferde zu versorgen. Diese Verpflichtung war sehr umfangreich und alles stand unter strengster Kontrolle: Es ging nicht nur um die Gestellung von Pferden und Wagen, nein, es ging auch um die Lieferungen von Mehl und Speck, Grütze und Graupen, Erbsen, Salz, Butter und Branntwein. Brennstoff musste beschafft werden, und Getreide, Heu und Stroh für die Versorgung von Tausenden von Pferden. Einige namentlich genannte Schuster aus Heiligenhafen mussten wieder und wieder Lederstiefel liefern. Es war ein extrem nasser Sommer und die Wege kaum noch begehbar. Doch, wie schon gesagt, hat alles auch eine Kehrseite: zwar wurde der Feind ferngehalten, aber auch dem eigenen Land wurde geschadet. Das war kein friedliches Miteinander!! Der Bevölkerung blieb immer weniger für die eigenen Bedürfnisse, die Bauern kamen nicht mehr zu den Erntearbeiten, und die Stimmung verschlechterte sich zusehends. Hinzu kamen auch die ewigen Belästigungen durch das Suchen nach Schmuggelware (natürlich wurde geschmuggelt!).

Nicht nur die Versorgung, sondern auch das schlechte Betragen der ‚Küstenbewachungs-truppe' machte den Einheimischen das Leben schwer. Die Soldaten saßen an den Stadttoren, im Klartext: sie lungerten herum, und trieben aus langer Weile groben Schabernack mit den Einheimischen. Sie beschimpften sie, machten die Pferde scheu und stahlen Obst und Gemüse aus den Gärten und von den Feldern. Der Bürgermeister von Oldenburg beschwerte sich schriftlich beim Kommandanten und, trotz der höflichen Form wird die gereizte Stimmung deutlich, wenn er schreibt *...Kein Frauenzimmer kann unangetastet die Straßen und Tore passieren...*

Die Eingangspforte der Truppen und ihrer Bagage war Heiligenhafen und alles musste von dort aus mit Pferden und Wagen weiterbefördert werden. Nach dem Angriff auf Kopenhagen wurden die Verteidigungsanstrengungen in Heiligenhafen noch einmal verstärkt. Zum Bau von Schanzen musste das ohnehin knappe Holz aus dem Forst in Cismar über 40 km weit herbeigeschafft werden. Kanonen wurden mit Schiffen auf den Warder und an den Sund transportiert und dort in Stellung gebracht, und all dies musste die Bevölkerung leisten. Napoleon sandte seinem Verbündeten Dänemark zwar Hilfstruppen, aber dadurch hieß es zu Allem auch noch für weitere 32 000 Soldaten Quartier bereit zu stellen. Diese bunt zusammengewürfelte Hilfstruppe bestand aus Spaniern, Italienern, Franzosen und Holländern, was enorme Unruhe mit sich brachte.

Übrigens: Das benachbarte Lübeck erlebte in diesen Jahren seine berüchtigte ‚Franzosenzeit', die Stadt wurde geplündert und wirtschaftlich ruiniert. Hier in unserer Heimat war ja noch niemand auf die Ideale der französischen Revolution, auf Freiheit, Gleichheit und Brüderlichkeit vorbereitet. 1804 war überhaupt erst die Leibeigenschaft aufgehoben.

Doch es sollte noch schlimmer kommen: Eine Zeit lang hatten sich die Kämpfe mehr im Süden abgespielt, doch dann überschlugen sich die Ereignisse: Napoleon verlor nach dem Russlandfeldzug 1813 auch noch die Völkerschlacht bei Leipzig, es war seine endgültige Niederlage. Dänemark war damit ebenfalls auf der Seite der Verlierer.

Die Schweden marschierten unter ihrem Oberbefehlshaber Bernadotte in Holstein ein. Der dänische Widerstand brach zusammen und die Truppen suchten ihr Heil in der Flucht. Die Schweden waren ihnen zusammen mit den Russen, Engländern, Preußen und Kosaken auf den Fersen und tauchten überall in Holstein auf. Um Kiel herum herrschte ein heilloses Durcheinander aus Flüchtenden und Verfolgern.

Die Schweden besetzten die ohnehin schon übervölkerte Stadt, befahlen überall Einquartierungen und Beschlagnahmen und forderten Geld und Naturalien. Bald gab es nichts mehr zu essen und kein Holz zum Heizen. Es wurde der berüchtigte ‚Schwedenwinter'. In Ostholstein hieß er der ‚Kosakenwinter'. Er war extrem kalt und lang. In den Friedensverhandlungen im ‚Buchwaldtschen Hof' in Kiel wurden die Bedingungen für den ‚Kieler Frieden von 1814' ausgehandelt. Dänemark musste hohe Zahlungen leisten und verlor einen großen Teil seiner Gebiete, darunter auch Helgoland. Das bekamen die Engländer.

Obwohl also Frieden geschlossen war, blieb im Sommer 1814 noch eine ganze Armee in Holstein einquartiert. In den Dörfern und Städten lagerten, teils unter russischem Kommando, Uralkosaken, kaiserlich-russische Jägerregimenter, Schweden, mecklenburgischen Truppen und reitende Artillerie. Ich vermute, dass insbesondere die Kosaken mit ihrem fremdartigen Erscheinungsbild alte Ängste weckten.

Alle Gebäude waren besetzt, in den Städten wurden Lazarette eingerichtet und die Sieger feierten ausschweifend. Sie requirierten alles, was sie finden konnten, es kam zu Übergriffen auf die Bevölkerung, Krankheiten breiteten sich aus, Diebe und Gauner machten die Straßen unsicher, kurz: Es brachte die Menschen, wie alle Kriege es tun, an den Rand des Ertragbaren.

Ich stelle mir vor, wie Johann Niß damals mit großen Kinderaugen das Geschehen in seiner Heimatstadt Heiligenhafen beobachtet hat: Schwere Geschütze rollten durch die Stadt und fremde Soldaten in fremden Uniformen ritten durch die Straßen. Sie wurden in den Häusern einquartiert, verlangten Essen und eine warme Stube, Futter für ihre Pferde und allerlei Handreichungen. Die Frauen weinten oft und die Männer zogen die Köpfe ein. Alle hatten Angst, wenn es an der Haustür klopfte, und der Tod ging um, denn es gab wenig zu essen. Johann Niß war damals gerade sechs Jahre alt.

Erst im Frühjahr 1815 zogen endlich die Besatzer ab und nahmen alles, was nicht niet- und nagelfest war, mit. Zurück blieben hungrige Menschen, leere Stallungen und unbestellte Felder. Der dänische Staat war bankrott, und es sollte noch viele Jahre dauern, bis diese schwere Zeit überwunden werden konnte.

Elisabeth Albert

Aus dem täglichen Leben einer Mäusefamilie

1. Szene: Tochter Kiki (Teenager) und ihre Mutter. Kiki ist Heavy-Metal-Fan.

Kiki, trotzig: „Ich will da aber hin!"
Mutter, genervt: „Was is' das denn überhaupt??"
Kiki, eifrig: „Ganz tolle Musik. Alle dürfen da hin!"
Mutter, skeptisch: „Und wo is' das, dieses „Wacken"?"
Kiki, erklärend: „Unten am Fischteich, wo die flache Stelle is'."
Mutter, jetzt lauter: „Für uns Mäuse geht das gar nicht. Viel zu gefährlich! Man weiß nie, wann die Menschen den Überlauf hochziehen und dann ertrinken alle!"
Kiki, bettelnd: „Die Frösche machen doch mit. Da sind immer drei zur Wache oben am Siel und passen auf. Die haben 'ne Hotline zur Bühne."
Mutter: Vor sich hin „Was is' denn das schon wieder? Wieso Hutleine?"
(laut):
„Und die Schnecken?? Die sind doch viel zu langsam!"
Kiki, begeistert: „Die Schnecken machen in der Band mit, als Drumsets. Das geht. Oben auf der Bühne sind sie hoch genug. Bitte-bitte-bitte, Mama! Mamachen..."
Mutter, streng: „Und wer geht mit dir?"
Kiki, eifrig: „Harry von nebenan. Seine Mama hat das erlaubt. Bitte-bitte-bitte Mamachen..."
Mutter, abwägend: „Na ja, der ist ja auch schon zwei Wochen älter... Na gut! Aber passt auf an der Straße. Die Autos fahren immer so schnell heute. Und wenn

ihr den Uhu hört, müsst ihr sofort nach Hause kommen! Und fasst euch an in dem Gedrängel!"
Kiki, überschwänglich: „Du bist die aller-aller-allerbeste, Mamachen... (laut) Harry, Harry, komm schnell!"
Mutter, zu sich: „Mit ihren vier Wochen muss sie ja auch mal raus mit den andern. Und ich? Ich geh denn mal auf Nachbarschaft. Die Katze von nebenan ham sie ja neulich Gott sei Dank tot gefahren..."

2.Szene: Harry und Kiki im Eingang des Mauselochs. Mutter räumt gerade die Küche auf.

Harry, lallend: „Geile Party war das... Super Cocktail...geht doch nichts über Bilsenkraut...und alles bio..."
Kiki, schwankend: „Mann, bin ich fertig...". Fällt vornüber.
Mutter, beschäftigt: „Leg sie mal da drüben hin, Harry, die wird schon wieder..."

Elisabeth Albert

Das Erbe

Es war später Abend mit einem seltsamen Zwielicht. Sie fuhr den Weg zu dem großen alten Haus, dem Haus ihrer Kindheit. In dem alten VW, wie damals.

Die Gegend war menschenleer, kein Licht, kein Geräusch, keine Bewegung.

Da tauchten hinter ihr Scheinwerfer auf, kamen schnell näher. Sie beschleunigte, bog ab in die Hofeinfahrt und stoppte vor der Eingangstür. Hastig zog sie den Schlüssel ab und lief die drei Stufen hinauf. Kaum hatte sie abgeschlossen, da bogen die Scheinwerfer ebenfalls in die Hofeinfahrt und kamen hinter ihrem Auto zum Stehen.

Gespenstische Stille. Keinerlei Bewegung.

Sie war allein im Haus, ganz allein. Geschützt durch die Mauern und zugleich in der Falle. Überall waren Fenster, durch die man von außen in jedes der vielen Zimmer sehen konnte. Ihr Herz hämmerte gegen die Rippen, in den Ohren rauschte es und sie hielt angstvoll den Atem an. Was war das für ein Auto? Wer saß darin? Ging vielleicht schon jemand ums Haus und leuchtete in die Fenster?

Die Luftnot zwang sie zum Atmen und ihr Verstand setzte wieder ein. Geräuschlos schlich sie zur hinteren Tür, durch die Diele, den Flur und das Esszimmer. Lautlos und im Dunkeln, sie kannte jede Tür, es war ja ihr Elternhaus. Sie schob sich in die Küche, den Blick starr auf die Fenster geheftet. Nichts, keine Bewegung, kein Geräusch.

Sollte sie es wagen: Die Außentür aufschließen und aus dem Haus fliehen? Was wäre, wenn jemand bereits dort lauerte? Wieder umdrehen? Irgendeines der Fenster öffnen und hinausspringen? Der Schlüssel drehte sich lautlos im Schloss, sie öffnete die Tür einen Spalt breit.

Nichts, keine Bewegung, kein Geräusch.

Oder hörte sie nichts, weil es in ihren Ohren wieder so laut rauschte? Ihre Füße setzten sich eigenmächtig in Bewegung, schlichen hinter den Stamm der alten Buche, verharrten, dann lautlos weiter hinter die Ligusterhecke.

Plötzlich hatte sie ein Ziel: Die große alte Scheune mit ihren Stallungen, Grundfächern und den dicht an dicht abgestellten Maschinen. Hier kannte sie sich aus, keiner würde ihr folgen können. Die kleine Tür zum Futtergang war nur angelehnt. Lautlos schlüpfte sie hinein, tastete sich zur Hofseite und spähte aus dem Fenster. Hinter ihrem VW parkte eine große altmodische Limousine, mit abgeblendeten Scheinwerfern und geöffneter Fahrertür. Wo war der Fahrer? Und wer war es? Plötzlich sprang der Motor an und wie von Geisterhand gelenkt setzte die Limousine zurück, wendete und fuhr davon.

Anna wachte auf. Ihr Kopf dröhnte, und sie hatte einen faden Geschmack im Mund. Der Wecker auf dem Nachttisch zeigte vier Uhr, und durch die Vorhänge drang das erste Tageslicht. Sie starrte an die Zimmerdecke und versuchte, die Bilder im Kopf zu löschen. Vergeblich. Sie waren zu lebendig und die Angst lähmte sie.

Im Bad bei Licht ihr fahles Gesicht im Spiegel, die Ringe unter den übernächtigten Augen, das Haar mit den ersten grauen Strähnen, 46 Jahre eben. Ein Schatten, ein fremdes Gesicht erschien neben ihr im Spiegel. „Oh nein", hauchte Anna und schloss die Augen, „nein". Als sie sie wieder öffnete, war der Schatten verschwunden. Mit automatischen Bewegungen wusch sie sich, kleidete sich an und griff den Autoschlüssel.

Sie würde es jetzt tun, die Frage stellen, die sie seit 40 Jahren mit sich herumtrug: Was war damals passiert? Es war eine eintönige Fahrt über die noch leeren Straßen, fast vier Stunden bis zu der Großstadt, in die ihre Mutter vor langer Zeit gezogen war. Anna hatte die Entfernung nie als störend erlebt, Mutter und Tochter waren einander schon immer fremd gewesen. Ganz anders als ihre Großmutter, die sie zärtlich „Omama" genannt hatte. Diese schmale stille Frau mit den großen dunklen Augen und dem rätselhaften Lächeln. Bei ihr war sie aufgewachsen. Sie hatten einander sehr geliebt, die Enkelin und diese Omama, die so wunderbar auf dem Klavier spielen konnte und so seltsame Geschichten kannte. Die in die Zukunft schauen konnte, und bei der man bestimmte Worte nie sagen durfte, denn das würde schreckliches Unglück bringen. Diese Omama, die vor einem großen hellen Auto warnte, aber nie erklärte, was es damit auf sich hatte und deren Stimme verschwörerisch leise wisperte, wenn sie davon sprach. Manchmal war sie den ganzen Tag in ihrem verdunkelten Schlafzimmer im Bett geblieben. Dann musste man ihr ein Glas Wasser und die Bibel bringen. Man musste ganz leise sein und warten, bis die Tür aufging und Omama in dem seltsamen schwarzen Kleid, das sie dann immer angezogen hatte, herauskam. Dann wurde immer alles wieder gut, Omama nahm sie in die Arme und ging mit ihr in den Park.

Eines Tages schrie Omama und hämmerte mit ihren Fäusten an die Türen der Nachbarn. Dann geschah etwas Entsetzliches: Ein Auto mit Mama und zwei Männern kam. Sie nahmen Omama mit, zogen sie an ihren Armen und redeten auf sie ein.

Mama hatte Anna wortlos bei der Hand genommen, war mit ihr zum Bahnhof gegangen und in eine fremde Stadt gefahren. Als Anna wissen wollte, was geschehen war, hatte ihre Mutter nur gesagt: „Die Frage will ich nie wieder hören!"

Anna klingelte. Es dauerte eine Weile, bis geöffnet wurde. „Du?" fragte ihre Mutter. Anna trat ein, entschlossen, die Wahrheit zu erfahren.

„Sie war verrückt geworden, schizophren, sagten die Ärzte in dem Sanatorium. Am nächsten Tag lief sie weg. Wir haben alles versucht. Sie wurde nie gefunden." Die Stimme ihrer Mutter klang lakonisch, aber ihre Mundwinkel zitterten.

„Ich muss los", sagte Anna schließlich und griff den Autoschlüssel neben ihrer Kaffetasse, „da sind so viele Baustellen."

Es regnete, und der Verkehr war zähflüssig. Anna spürte, wie ihr Tränen in die Augen stiegen, sie schluckte wieder und wieder, aber es half nicht. Auf dem nächsten Rastplatz fuhr sie ganz nach hinten durch und stellte den Motor ab. „Omama", flüsterte sie, „Omama, ich konnte dir nicht helfen. Es tut mir so leid." Ihre Augen brannten, aber die Tränen erleichterten sie. Sie ließ den Motor an, rangierte aus der Parkbucht und suchte die Auffahrt zur Autobahn. Irgendetwas stimmte da nicht, es war nur eine Ahnung. Sie blickte in den Rückspiegel. Eine altmodische helle Limousine mit verdunkelten Scheiben reihte sich hinter ihr in die Kolonne ein.

Elisabeth Albert

Schlaflos

Heiß war es, heiß und windstill. Während die Anderen diskutierten und dann die Taschen mit den Zelten zu den vermeintlich besten Plätzen schleppten, suchte Sylvia Schatten. Auf ihrer Stirn standen kleine glitzernde Schweißtropfen, die zusammenflossen, auf ihren Wangen schmale Rinnsale bildeten und dann auf ihr T-Shirt tropften.

Sie brauchte die Pause. Sie war schwanger. Endlich. Sie war jetzt im fünften Monat, die kritische Zeit der ersten Wochen war vorbei, und es fühlte sich gut an. Hinter dem großen Geländewagen, der das Gepäck befördert hatte, war es etwas kühler, und dort stand ein Klappstuhl, auf dem sie, etwas schwerfällig, Platz nahm.

Quälende Jahre waren vergangen, in denen sich pünktlich alle vier Wochen die Hoffnung auf eine Schwangerschaft zerschlagen hatte. Schließlich hatte sie Martin gedrängt, und sie suchten einen Arzt auf. Es stellte sich heraus, dass das Problem bei Martin lag. Er war nahezu unfruchtbar. Wohl wegen der Bestrahlungen, die er als Kind nach seiner Krebserkrankung bekommen hatte. Er habe alles daran gesetzt, die Erinnerung an diese Zeit hinter sich zu lassen. Das hatte er ihr wieder und wieder versichert, als sie, enttäuscht und verärgert, auf diese unerwartete Erkenntnis reagierte. Eine Zeit lang hatte sie sich schweigend von ihm zurückgezogen. Er musste es gewusst haben, denn auch seine zurückliegende Ehe war kinderlos geblieben.

Die Ärzte hatten Hilfe zugesagt. In der Folge musste Martin einige wenig angenehme Prozeduren über sich ergehen lassen. Doch dann war das Glück auf ihrer Seite. Sie würden doch noch eine richtige Familie werden.

Zusammen mit Freunden waren sie nach Schweden gefahren. Sie hatten diese Reise gebucht, um in der Natur zur Ruhe zu kommen, losgelöst von den Alltagssorgen, den beruflichen Anforderungen und den ewig fragenden Blicken der Schwiegermutter.

Martin hatte sich in den letzten Wochen merkwürdig verändert. Er war ruhelos, oft in ein brütendes Grübeln versunken. Und er hatte wieder begonnen zu laufen. Ohne Vorankündigung pflegte er seine Laufschuhe anzuziehen, die Wasserflasche zu füllen, sein Handy einzustecken und mit einem flüchtigen Kuss auf ihre Stirn für Stunden zu verschwinden, um dann, durchgeschwitzt, müde und schweigsam, zurückzukehren. Beim Laufen hatte er grundsätzlich sein Handy dabei, zu ihrer Sicherheit, damit sie ihn jederzeit erreichen könne, sagte er. Na ja, irgendwie war er mit seinem Handy halt sehr eigen, trug es sowieso immer bei sich.

Der Abend versprach etwas Abkühlung nach diesem heißen Sommertag. Die Zelte waren aufgebaut, das Gepäck verstaut und die ganz Harten waren sogar in den noch kalten See gesprungen. Sie hatten zusammen Würstchen und Tomaten gegrillt und das Fladenbrot auf dem Rost gewärmt. Gegen Ende des Abends reihten sich die leeren Bierflaschen auf dem Campingtisch und das Ketchup, das für die ganze Woche reichen sollte, war schon zur Hälfte verbraucht. Die Freunde hatten mit ihnen auf das Baby angestoßen und immer noch einmal wiederholt: „wie schön, dass es endlich geklappt hat!" Schließlich verstummte das Schwatzen und einer nach dem anderen kroch in sein Zelt. Es wurde still.

Nur Martin drehte sich hin und her, schien mal wieder nicht einschlafen zu können. Schließlich zog er den Atem tief ein und flüsterte: „Ich lauf noch mal ne Runde", griff die Tasche mit seinen Laufsachen und sein Handy, öffnete leise den Reißverschluss des Zeltes und verschwand wenig später im Schatten des nahen Waldes.

Sylvia lag wach. Sie horchte in die Sommernacht, auf das Sirren der Mücken über dem Zelt. Irgendwer schnarchte, und am See plätscherte es, vielleicht ein Fisch... oder ein Vogel...

Ein leiser Summton holte sie aus ihren Gedanken, das war wohl ihr Handy. Sicherlich eine Nachricht von irgendwoher von irgendwem. Sie drehte sich vorsichtig auf die Seite und suchte ein Weilchen, bis sie es unter der Luftmatratze fand. Da war es wohl hin gerutscht, als Martin nach seinem gesucht hatte.

Ach, es war Martins Gerät! Ein zärtliches Lächeln huschte über ihr Gesicht. Das war ihm ja noch nie passiert, dass er ihre Geräte verwechselt hatte.

Doch auf dem Display stand ‚Finn' und sie hörte eine dünne Kinderstimme: „Ich kann nicht einschlafen, Papa. Wo bist du? Ruf mich mal an."

Elisabeth Albert

Termin beim BAMF *

Es ist 6 Uhr früh, als ich klopfe. Der Vater, Reza, öffnet. Er ist bereits reisefertig in sorgsam gebügeltem weißem Hemd und seiner allerbesten Hose, an den Füßen die heruntergetretenen Halbschuhe, frisch geputzt und blankgewienert. Die Mutter, Narges, streift dem Zweijährigen seine Jacke über und greift dann zu ihrem Schal, mit dem sie ihre Haare zu bedecken pflegt. Hinter ihr erscheint die achtjährige Tochter in der Tür zum Wohnzimmer und rattert mir fröhlich und ein wenig stolz ein „guten-Tag-wie-geht-es-Ihnen" entgegen. „Danke, es geht mir gut, Samira", antworte ich. Wir grinsen uns an. Ich mag dies gewitzte, wenn auch etwas phlegmatische Mädchen mit den dunklen dichten Locken und den grünen Augen. Sie kann nicht mitfahren, die Nachbarin wird sie zum Schulbus losschicken, wenn wir schon längst unterwegs sein werden.

Am Auto frage ich sicherheitshalber noch einmal „Papiere?" Ja, sie haben die Mappe dabei, in der ihre gesamte Identität enthalten ist. Zahlen, Orte, Namen, alles in schwarzen Schriftzeichen auf wenigen dürren Blättern weißen Papiers. Alles. Alles was ihnen geblieben ist, reduziert auf das Geschriebene. Und alles ohne Ansehen ihrer Person.

Wir machen uns auf den Weg. Ganz unten in dem mehrseitigen Schreiben mit den rätselhaften Schriftzeichen steht: Montag, 27 Juni 2016, 8.oo Uhr. Neumünster, Haart 148.

Unser völlig übermüdeter Kleiner beginnt zu quengeln. Ihm wird wieder mal schlecht, er kann Autofahren nicht lange aushalten. Mama hat Tüten dabei. Neumünster. Wie gut, dass wir so früh gestartet sind, dadurch finden wir sogar noch einen Parkplatz dicht an der ehemaligen Kaserne.

Ohne „Papiere" wäre bereits am hohen Eisengitter des Eingangs Schluss gewesen. Eine resolute Frau, auf dem dunkelblauen Shirt der Aufdruck „security", schickt uns zum Personendurchlass. Kontrolle der „Papiere". Nur eine einzige Begleitperson ist erlaubt. Ich suche meinen Personalausweis heraus. Der „security man" verschwindet damit in einem seitlichen Eingang. Er kommt und kommt nicht wieder.

Als ich endlich meinen Ausweis mitsamt Besucherschein erhalte, wird klar, warum es so lange gedauert hat: Meine Eltern haben es gut gemeint und mir vier Vornamen gegeben. Auf Fernreisen entstehen dadurch immer wieder interessante neue Kombinationen, da Vor- und Nachname für manche nicht auseinander zu halten sind. Zu Anfang hatte ich mich noch gewundert, wenn ich hartnäckig mit Christina oder Martha angeredet wurde, hier war nun als Name „Elisabeth Agnes" entstanden. Unterzeichnet von Ashgar. Also kein deutsch-Muttersprachler. No Problem, alles klar, denke ich.

Man schickt uns zum gegenüber aufgestellten Container. Ein freundlicher, noch etwas verschlafener Mann mit unverkennbar osteuropäischem Akzent begrüßt uns, vergleicht „die Papiere" mit seiner Liste, telefoniert mit irgendwem und schickt uns weiter: „Da, Tür drüben. Ganz oben bis große grüne Fenster..." Auch seine Muttersprache wird hier noch irgendwann dringend gebraucht werden.

Das große grüne Fenster erweist sich als eine verriegelte Tür, davor ein Stau, weit die Treppe hinunter. Gegensprechanlage, wieder Kontrolle der „Papiere", dann Zutritt. Einzeln. Hinter dieser Tür ist es also, wo unser Staat, verteilt auf viele Bürozimmer, mit vielen Schreibkräften, Unmengen von Formularen und vielen vielen Sprachkundigen, die Neubürger in sein Meldesystem aufnimmt.

Unserem Kleinen ist nicht mehr schlecht, aber er drückt sich scheu an seine Mutter, als wir im bereits prall gefüllten Warteraum Platz nehmen. Schlagartig geht meine Alltagswelt verloren: Die Menschen grüßen beim Eintreten mit „salaam!" An der Art der Aussprache erkennen die Wartenden das Herkunftsland, denn nach kurzer Pause, in der alle den Ankommenden entgegenblicken, fliegen kurze Begrüßungsworte durch den Raum, aufmunternd, wiedererkennend, Verbindung herstellend. Sind hier denn alle irgendwie verwandt oder verschwägert? Die meisten scheinen aus dem vorderen oder mittleren Orient zu kommen. Ich bin die einzige Fremde und komplett außen vor, auch wenn ich hin und wieder einige Worte farsi oder arabisch aufschnappe.

Verstohlen mustere ich die Wartenden. Gegenüber ein kleiner strahlend fröhlicher Einjähriger mit seiner tschadorverhüllten Mama: Mit seinen O-Beinen erkundet er unverdrossen seine Umgebung, fällt hin, steht wieder auf, wackelt weiter und runzelt in kindlichem Befremden seine Stirn, wenn es auf dem Flur laut wird. Sie: Von ihr sind nur Gesicht und Hände unbedeckt. Ihre ganze Erscheinung, ihre gemessenen Bewegungen, ihre warme Stimme und ihr pausbäckiges Lächeln strahlen gemütvolle Freundlichkeit aus. Ihr Tschador umwallt sie, maßgefertigt für ihre Körpergröße, gerade so lang, dass sie vorne nicht drauftritt, hinten etwas länger, so dass er den Boden streift. Sie lächelt zurück.

An der Schmalseite des Raums die beiden zarten kaffeebraunen Mädchen mit den höchst kunstvoll geflochtenen Zöpfchen. Die Eine mit melancholisch verhangenem Blick, die Andere erforschend keck. Kommen sie aus Eritrea? Ein ebenfalls dunkelhäutiger Mann, leger in Poloshirt und Jeans, ruft sie auf, mit einem nicht nachzuahmenden Tonfall, wohl in ihrer Muttersprache. Sie greifen ihre Täschchen und folgen ihm.

Eine Angestellte kommt auf den Flur, schlägt eine Akte auf und ruft laut:"Morili?" alle wenden sich ihr zu. Keiner reagiert. „Moliri?" Alle warten gespannt. Nichts. „Malili?" fragt sie, nun schon etwas leiser. Nichts. Da steht ein Mann auf, geht hin und wirft einen Blick in die Akte. „Mockchidi, Mohamad" ruft er laut. Sofort steht ein älterer Mann auf, nickt ihm zu und geht mit. Uns ist nicht gegenwärtig, wie verändert ein Name ist, wenn wir ihn, für uns gar nicht merkbar, falsch wiedergeben. Wenn die Dolmetscher aufrufen, gibt es diese Verwirrung nie.

Mir gegenüber sitzt ein Jugendlicher: er wirkt gekonnt cool, mit seinen über das halbe Gesicht gekämmten Haaren, seinem schrägen Käppi und seinem T-shirt mit der Aufschrift ‚Champion'. Unablässig auf seinem Kaugummi kauend, bedient er mit wieselflinken Fingern sein funkelnagelneues Smartphone.

Dann werde ich unversehens zum Mitwirkenden: Reza, der Vater, kommt mit seinem Handy und drückt es mir in die Hand. „Sajjor", sagt er, „schreiben" und zeigt auf einen Zettel. Besagten Sajjor kenne ich schon lange, das heißt, nicht so richtig. Er ist ein bereits gut deutschsprechender Verwandter und hilft mir manchmal mit Telefonübersetzung. Ich soll eine Adresse aufschreiben und den Zettel weitergeben. Es geht um jemanden, der nicht schreiben kann, sagt er. Ich notiere also, deutlich und in sauberen Druckbuchstaben ‚Neumünster, Lange Straße 6'. Dann wird der

Zettel von Hand zu Hand weitergegeben, bis zu dem coolen Jugendlichen. Dieser wirft einen uninteressierten Blick auf die Schrift, steckt den Zettel in die Tasche und wendet sich wieder seinem Smartphone zu.

Durch die Zugangstür schiebt sich ein junges Paar mit einer Babytragetasche. Er: über dem verwaschenem T-Shirt ein hageres müdes Gesicht. Auf dem linken Unterarm eine Tätowierung mit arabischen Schriftzeichen. Innenseitig, wo es besonders schmerzhaft ist. Sie: zierlich, in langem schwarzen Mantel, um den Kopf das traditionelle Kopftuch in rot, sorgfältig mit kleinen glitzernden Nadeln festgesteckt. Das Gesicht engelsschön. Über den großen dunklen Augen schweben sorgfältigst gezeichnete Augenbrauen. Wie Schwalbenflügel. Das Baby in der Tragetasche, erst wenige Wochen alt, schläft. Ich lächle die Frau vorsichtig an, ihr Gesicht antwortet nicht, bleibt unbeweglich.

Ich werde wieder zum außenstehenden Betrachter dieser bunten Szene mit dem ständigen Kommen und Gehen, den Tumulten an der geschlossenen Tür, den gereckten Hälsen der Wartenden, den vorbeihastenden Büroboten, den fremden Sprachen, der fremden Welt.

Ich vertreibe mir die Zeit und erfinde Eigenschaftsnamen für die Wartenden:

Der Akademiker: steif, akkurater Haarschnitt, grau, alles in einer ledernen Aktentasche.

Der Lethargische: wie gefriergetrocknet, dürr, abgelaufene Schuhe, schüttere Haare.

Der Fuchsgesichtige: spitze Nase, wachsamer, fast lauernder Blick.

Der Beau: kontrolliert dauernd den Sitz seiner Haare

im Handy, lächelt affektiert ins Leere.

Der Irgendwie: enges durchsichtiges weißes Hemd, darunter ein schwarzes Netzhemd, lange Fingernägel, am Rucksack ein Plüschtier.

Das Komitee: drei junge, unablässig diskutierende Männer, mit weit ausholenden Gesten und verschwörerisch leisen Worten, die Köpfe zusammengesteckt.

Die Gelassene: eine Frau mittleren Alters, mit schweifenden Blicken, die Hände geruhsam über dem Bauch verschränkt.

Das Bauernpaar: grobe Gesichtszüge, Arbeitshände, der Gang schwerfällig schleppend. Alles an ihnen spricht für ein Leben voll harter Arbeit.

Mittlerweile ist es Mittag. Wir werden aufgerufen, von einer jungen Frau, deren dichtes kräuseliges Dunkelhaar von einer riesigen Spange im Nacken zusammengehalten wird. Sie ist europäisch gekleidet mit T-Shirt, Jeans und Sneakers. Lediglich ihre große Nase mit charakteristischem Höcker verrät mir etwas über ihre Herkunft. Sie spricht das seltene ‚Paschtu', die Muttersprache von Vater Reza. Außerdem muss sie alles für Mutter Narges erläutern, die eine Mundart aus Tadjikistan spricht. Ich habe Zeit zuzuschauen, solange der Kleine noch schüchtern bei seiner Mutter abwartet. Die Übersetzerin ist von freundlicher Souveränität und diktiert das Erfragte einer Schreibkraft druckreif in die Maschine. In tadellosem deutsch. Ich bewundere ihre Sicherheit, hier an der Schnittstelle der Welten. Ein Eigenname wird genannt, später vom Vater korrigiert. Da streikt das Computerprogramm, es mag absolut keine Veränderungen an den Namen. Vielleicht eine Vorsichtsmaßnahme? Wer weiß das schon? Jetzt aber ein Problem. Der Dolmetscher vom anderen Tisch weiß Rat, und so gelingt es doch noch.

Der Kleine langweilt sich und beginnt, auf dem Flur herumzulaufen, Mama ruft, er hört nicht. Ich greife ihn, und wir dürfen zur Beschäftigung mit aussortiertem Papier spielen. Ich falte ihm Hütchen und Schiffchen, bis seine Eltern ihre letzte Unterschrift geleistet haben.

Es ist Nachmittag. Auf dem Heimweg wird dem Kleinen mal wieder schlecht.

* BAMF: ‚Bundesamt für Migration und Flüchtlinge'

Christa Bollert

Eine Reise in die Vergangenheit

Ich schlendere durch die Altstadt von Görlitz und bleibe vor dem Schaufenster eines Antiquariats stehen. Da entdecke ich sie! Im Laden sitzt sie mit ihren wunderschönen blonden Zöpfen: meine Lieblingspuppe Trauti. Mir schießen Tränen in die Augen, und mein Herz klopft wie wild. Ich kann es nicht glauben. Ich sehe alles wieder vor mir:

Es ist das Jahr 1943. Meine Einschulung steht bevor. Alle schulpflichtigen Kinder aus den größeren Städten sind verschickt oder, wenn Verwandte auf dem Lande leben, umgesiedelt worden. Ich werde in dem kleinen Haus der Großeltern in Ascheberg untergebracht. Es hat zweieinhalb Zimmer, eine Küche, eine Waschküche nebenan und eine Pumpe mitten auf dem Hof. Eine Wasserleitung gibt es nicht. Auf dem Sockel dieser Pumpe spielen wir Kinder mit Vorliebe ‚Mutter und Kind'. Genau da passiert es: meine Zopfspange hakt in den Haaren meiner Trauti-Puppe fest! Die Spangen aus Horn sind sehr stabil, kleine Häkchen halten das Gummiband. Wenn es reißt, lässt es sich durch ein normales Haushaltsgummi ersetzen. Ich zerre ungeduldig an Trautis Haaren. Plötzlich bricht der Kopf in Augenhöhe in zwei Teile! Ich bin wie erstarrt. Ich möchte schreien, kriege aber keinen Ton heraus. Nach wem soll ich auch rufen - meine Mutter ist weit weg! Und meine Großmutter wird mit mir schimpfen. Lange sitze ich einfach nur da.

Ich habe die Trauti doch erst im Mai zum Geburtstag bekommen. Blonde Zöpfe hat sie, an denen ich gerade flechten lerne. Und meine Mutter hat ihr so schöne Kleider genäht. Jeden Tag ziehe ich ihr ein neues an und setze sie in die Sonne, bevor ich zur Schule gehe. Und jeden Abend lege ich sie fürsorglich in ihr Gitterbettchen. Diese Spiele mit Trauti sind mir die liebsten in der ersten Zeit in Ascheberg. Oft denke ich anfangs an Kiel, an meine Mutter, meine kleine Schwester Renate und an Ellen, meine große Schwester, die mit der Kinderlandverschickung schon vor einigen Monaten weit weg ins Erzgebirge evakuiert ist. Meine Trauti hilft mir etwas übers Heimweh hinweg. Und jetzt ist sie kaputt!

Meine Mutter verspricht mir, sie bei meinem nächsten Besuch in der Puppenklinik Popp in Neumünster heilmachen zu lassen. Weihnachten würde ich sie wieder in die Arme nehmen können. Zwei lange Monate noch bis dahin!

Weihnachten. Ja, Weihnachten feiern wir immer in der guten Stube. Diese ‚Gute Stube', wie wir sie nennen, liegt etwas abseits von der geräumigen Wohnküche mit der Spielecke, sie wird nicht täglich benutzt. In der Vorweihnachtszeit ist die Tür immer verschlossen. Um diese verschlossene Tür herrscht viel Heimlichkeit. Wir gucken oft durchs Schlüsselloch, von innen ist aber leider alles verhängt. Das erhöht die Aufregung und Vorfreude noch. In diesem Jahr ist alles anders, Renate ist in der Adventszeit mit unserer Mutter allein. Vielleicht macht da das Lauschen gar nicht so viel Spaß. Oder es gibt nichts zum Belauschen.

Es ist immer noch Krieg. Vor einem Jahr entdeckten

Renate und ich die vorbereiteten Geschenke. Ich sah den roten Koffer, den ich mir für mein Puppenzeug so sehnlichst gewünscht hatte. Aber ich freute mich zu früh. Mutter erwischte uns. Am Heiligen Abend liegt der rote Koffer nicht an meinem Platz unter dem Tannenbaum. Ellen bekommt ihn, bestückt mit Nähsachen. Ganz schön streng war der Weihnachtsmann! Heute hängt der Koffer übrigens am Requisitenständer auf der Bühne beim Auftritt unseres Sohnes.

Meine Puppe wurde tatsächlich heilgemacht und sitzt am 13. Dezember 1943 neu eingekleidet und frisch frisiert im Wohnzimmer, bereit für die Bescherung. An diesem 13ten, elf Tage vor dem Heiligen Abend, nimmt unser aller Leben eine große Wendung. Eine Brandbombe trifft unser Haus direkt an der Seite zum Wohnzimmer; aus dem Raum ist nichts mehr zu retten. Ich sehe meine Trauti nie wieder.

Ellen erfährt von meinem Kummer. Sie schreibt an unsere Mutter: „Christa darf mit meinem Puppenwagen und mit meiner Ilse-Puppe spielen, bis ich wiederkomme." Ihre Ilse sieht wie Trauti aus, sie hat nur schwarze Haare. Sie sitzt übrigens immer noch bei mir im Zimmer, Ellens Töchter haben sie mir vor einigen Jahren geschenkt.

Und jetzt sitzt Trauti da in der Altstadt von Görlitz, haargenau das gleiche Modell mit blonden Zöpfen! Zu gern hätte ich sie erworben, sie ist aber zur Reparatur dort. Sicher wartet ein Kind sehnlichst auf ihre ‚Genesung'. Wie ich damals.

Christa Bollert

Reden ist Silber. Ist schweigen Gold?

Ist er wirklich ein schräger Vogel, unser Großvater? Nur weil er anders ist als die Großväter meiner Freundinnen? Er tobt und spielt nicht mit uns, singt nicht und erzählt uns keine Märchen, und trotzdem freue ich mich bei jedem Besuch immer auf ihn, möchte neue Seiten an ihm entdecken. Er erwartet uns stets rechtzeitig am Bahnhof hinterm Staketenzaun; zehn Pfennige für eine Bahnsteigkarte hat er von Großmutter nie mitbekommen. Er winkt nicht, wenn er uns sieht. Wir Kinder dagegen stürzen ihm entgegen und strahlen ihn durch den Zaun hindurch an. Bevor wir vor ihm stehen, müssen wir durch das Bahnhofsgebäude und am Schalter die Fahrkarte vorzeigen. Eine Rückfahrkarte wird gelocht und zurückgegeben, die Karten für einfache Fahrten werden nur ungültig gemacht. Diese Pappkarten sind drei mal sechs Zentimeter groß, wir dürfen sie mitnehmen zum ‚Verreisen spielen'.
Großvater freut sich aber, dass wir heil angekommen sind. Ich sehe es an seinem Gesicht. Woran ich es erkenne, weiß ich nicht - er verzieht keine Miene und spricht auch nicht viel, oder sagt gar nichts. An seine Stimme habe ich keinerlei Erinnerung, sehe nur die stattliche, aufrechte Körperhaltung, ständig in selbstgehobelten Holzpantoffeln. Oft hat er den kleinen Bollerwagen mit, wenn er uns am Bahnhof abholt. Ich darf mich hineinsetzen und mich ziehen lassen. Von hinten kann ich Großvater beobachten und entdecke seine krausen Haare. Die darf ich oft ganz behutsam

frisieren, wenn er auf dem großen Ohrensessel seine Mittagsstunde hält. Einen Großvater mit Locken hat keine meiner Freundinnen!

Unterwegs im Zug bin ich mit meinen Gedanken schon mit Großvater im Gemüsegarten. Sicher darf ich mir wieder im Beet Erbsen pflücken und die Schoten aufknacken. So ein Knacken gibt es nur bei Erbsenschoten. Mit den Kartoffeln hat es auch so seine Bewandtnis: Großvater sticht mit einer Forke in den Boden, wirft die Erde hoch, und wir Kinder sammeln die Kartoffeln auf. Und dann zeigt er uns, wie sich von den frischen Knollen eine hauchdünne Haut abziehen lässt. Ein Wunder! In Kiel müssen die Kartoffeln vorher geschält oder mit Pelle gekocht werden. Hier auf dem Lande ist alles anders. Ja, auf all das freue ich mich jedes Mal wieder.

Unser Großvater ist 95 Jahre alt geworden. Gern habe ich beim Kämmen der Haare auf seinen Knien gesessen, und ich liebte es, als Kind an seiner Hand zu gehen. Er hat mir immer ein beschütztes Gefühl gegeben. Aber was in seinen Gedanken vorging, habe ich nie erfahren.

Ingrid Brandenburger

Der Geburtstag

Fritz
Heute ist der sechzehnte August 1922, mein 50. Geburtstag. Mitte August Geburtstag zu haben, ist für einen Bauern ein gutes Datum, weil dann meistens die Ernte gerade vorbei ist, und die Aussaat des Wintergetreides noch Zeit hat. Wenn dann die Ernte auch noch gut ausgefallen ist wie in diesem Jahr, so lässt sich gut feiern. Else hat vorgeschlagen, an meinem 50. Geburtstag ein Fest zu veranstalten.
Else hat gerne Gäste und scheut keine Mühe bei deren Bewirtung. Wenn ich es mir recht überlege, scheut sie überhaupt nie Mühe. Es ist unglaublich, wie fleißig und tüchtig sie ist und wie gut sie unsere Töchter anleitet, diese Tugenden auch zu erwerben. Ich habe Else schon immer bewundert. Schon damals in der Friedrichsthaler Mühle. Als wir kurz nach unserer Heirat die Pachtstelle dort antraten, hat sie gleich umsichtig mit zugepackt. Dabei war sie noch so jung! Einundzwanzig erst! Während ich die Mühle betrieb, hat sie den Haushalt geführt, den Garten bearbeitet und wie selbstverständlich noch unsere Schankwirtschaft „Zum Braunen Bär" betreut. Alles perfekt! Auch nachdem unsere Töchter Telse und Anni mit nur elf Monaten Altersunterschied geboren wurden, und Else als junge Mutter stark gefordert durch die beiden Kleinen und zwei so kurz hintereinanderliegende

Schwangerschaften, hielt ihr Einsatz an. Tochter Lonny ließ sich zum Glück noch zwei Jahre Zeit bis zu ihrem Erscheinen. Auch Rita und Lieselotte kamen jeweils zwei Jahre nach der Geburt ihrer älteren Schwester auf die Welt. Unser Fünfmädelhaus war komplett. Meine liebe Frau Else schaffte alles.

Jetzt ist sie siebenunddreißig und wirbelt noch mit derselben Schaffenskraft und Umsicht wie damals in der Friedrichthaler Mühle. 1915, in dem Jahr, als Lieselotte, unsere Jüngste, geboren wurde, erfuhren wir von meiner Schwester Mary, dass in Nanndorf, ihrem Anwesen gegenüber, ein Bauernhof zum Kauf angeboten wurde. Ohne meine tüchtige Else hätte ich nicht gewagt, den Hof zu kaufen. Sie hatte mich in dem Kaufentschluss bestärkt. Zwar war ihr klar, dass der Kauf finanzielle Opfer nach sich ziehen würde, aber sie entschied sich dennoch dafür. Für Hilfskräfte, sei es in der Landwirtschaft oder im Haushalt, würde kaum Geld vorhanden sein. Fast alle anfallende Arbeit musste von der Familie allein erledigt werden. Außer in der Ernte natürlich. Die geht nicht ohne fremde Hilfe. Ich glaube, Else hat den Schritt zum eigenen Hof so wenig bereut wie ich. Dass sechs Jahre nach Lieselottes Geburt noch unser Stammhalter Hans geboren wurde, ist für uns beide ein großes Glück.

Ich werfe mal eben einen Blick in die Küche, um zu sehen, wie alles läuft. Else sitzt am Küchentisch und schält Birnen, die es zum Nachtisch geben soll. Ihre Hände sind so schnell, dass ich kaum mit den Augen folgen kann. Das ist es! Das ist das Geheimnis ihrer bewundernswerten Schaffenskraft: ihre Schnelligkeit. Pflichtbewusstsein gepaart mit Schnelligkeit. Das ist Else. Sie spart ein, wo es nur geht und verdient sogar dazu. Mit Spargel und Gemüse aus ihrem Garten beköstigt sie nicht nur uns, sondern verkauft sogar einen Teil davon. Bis zum letzten Jahr hat sie noch Tante Line, Vetter Heinrichs Mutter, gepflegt. Heinrich und seine Frau Frieda wollten oder konnten die Betreuung nicht übernehmen und brachten ihre Mutter nach Nanndorf, um sie Elses Pflege zu übergeben. Tante Line bewohnte die Leutestube gleich neben der Küche. Die Tür zwischen den beiden Räumen stand meistens auf. Das war für Else am praktischsten. So war sie immer schnell zur Stelle, wenn die Tante Hilfe brauchte. Elses Mühe mit Tante Line wurde in jeder Hinsicht honoriert, auch in finanzieller.

Ich finde, Else hat die Leseübungen für Lieselotte sehr praktisch arrangiert. Das Kind wurde aufgefordert, der Tante vorzulesen, damit diese ein bisschen Unterhaltung habe. So ganz nebenbei kontrollierte und berichtigte die viel beschäftigte Mutter von der Küche aus.

Meine beiden Großen helfen ihrer Mutter. Tochter Telse steht am Spültisch vor den Fenstern und wäscht ab, was alles so beim Kochen an Geschirr gebraucht wurde. Sie ist eine relativ kräftig gebaute Vierzehnjährige mit rotblonden Haaren, die sie zu Zöpfen geflochten hat. Ich finde sie ein bisschen zu ernst für ihr Alter. Aber ihre Sommersprossen und ihr Stupsnäschen verleihen ihrem Gesicht etwas Kesses, so dass man den Ernst der Erstgeborenen vergisst. Ob Else wohl auch so ein ernstes Kind war? Die Erstgeborene von sechs Geschwistern war sie auch. Auf jeden Fall war sie sehr verantwortungsbewusst. Mir fällt da ein, dass ihre Eltern ihr als Fünfzehnjährige Geld anvertrauten, um damit ihre kleineren Geschwister auf den Herbstmarkt zu führen. Sie kaufte jedoch statt Nascherreien und Eintrittskarten für Karussells lieber Handschuhe für alle Geschwister, denn der Winter stand vor der Tür. Ich glaube, die Enttäuschung der

Geschwister ist bis heute nicht vergessen, denn im Scherz beklagen sie sich bei Else noch immer über den entgangenen Spaß.

Anni dreht sich zu mir um, einen Kochtopf abtrocknend. Sie lächelt mich an. Was für ein hübsches Mädchen! Sie ist zierlicher als ihre Schwester Telse. Blonde Wuschellocken umkränzen ihr freundliches Gesicht mit den auffallend blauen Augen und den Grübchen in den Wangen, die durch ihr Lächeln noch mehr auffallen.

„Na, Papa, ist noch keiner gekommen? Bist du ungeduldig? Wir sind ganz froh, wenn die Gäste nicht zu früh kommen. Gesell dich doch zu Onkel Heinrich! Ich glaube er sitzt im ‚täglichen' Wohnzimmer".

Ach ja! Heinrich, mein lieber Vetter Heinrich! Wir haben beide keine Brüder und sind vielleicht darum einander so nah wie Brüder. In jedem Jahr, seit wir den Hof haben, macht er im Sommer ein paar Wochen Urlaub von seinem Geschäft in Kiel, um uns bei der Ernte zu helfen. Die siebzig Kilometer von Kiel nach Nanndorf legt er meistens nicht, wie man erwarten könnte, mit der Eisenbahn zurück, sondern geht zu Fuß mit Zwischenübernachtung in Lütjenburg. Ich sehe ihn noch vor mir, wie er vor drei Wochen ankam. Im durchgeschwitzten blaukariertem Hemd, grauen Knickerbockern, ein an vier Ecken geknotetes weißes Taschentuch als Sonnenschutz auf dem Kopf und einem Strahlen der Wiedersehensfreude im Gesicht. Er hat tüchtig mit angepackt bei der Ernte. Man hat ihm angesehen, dass es ihm Freude machte und Befriedigung gab, uns helfen zu können. Für seine Frau Frieda wäre das Landleben mit seiner schweren Arbeit nichts! Sie ist eine typische Städterin mit viel Sinn für hübsche Kleider und ein gepflegtes Aussehen. Ich staune immer wieder, wie dieses ungleiche Paar so gut miteinander auskommt. Frieda wird wohl bald mit ihren Söhnen in Oldenburg am Bahnhof eintreffen. Ich denke in einer Stunde. Heinrich will sie allein mit der Kutsche abholen, weil ich wegen der anderen Gäste zu Hause bleiben muss. Er sollte bald anspannen.

„Heinrich, denkst du an deine Frau?"

„Nur an sie. Eine andere kommt mir nicht in den Sinn! ... Sei unbesorgt! Ich habe nicht vergessen, dass ich sie gleich abholen soll".

Alle sind mit Vorbereitungen zu meinem Geburtstag beschäftigt. Lonny scheuert nochmal ‚Tante Meier', die Toilette neben dem Hühnerstall, damit auch die blitzsauber ist. Rita kommt gerade mit ihrer Freundin Thea um die Scheunenecke, einen Feldblumenstrauß im Arm, den sie sicher für mich gepflückt hat. Thea und sie haben heute fast den ganzen Tag Kühe gehütet.

Und Lieselotte? Hat Else sie wieder zum Unkrautjäten in den Garten geschickt? Wieder die Buchsbaumhecken säubern, weil sie da nichts falsch machen kann? Manchmal habe ich den Verdacht, Else lässt Lieselotte Unkraut jäten, um den kleinen unzufriedenen Quälgeist mal für ein Weilchen los zu sein. Lieselotte tut mir leid. Zugegeben quengelt sie viel. Else wird dann ungeduldig und schimpft mit ihr. Doch was war zuerst? Das Quengeln und Nörgeln der Tochter oder die Ungeduld und das Schimpfen der Mutter? Auf alle Fälle hat das Eine immer das Andere bedingt. Auch Else tut mir leid. Bei ihrer großen Belastung kann sie ein so störrisches Kind nicht gut um sich haben. Als Hans geboren wurde, haben Elses Eltern Lieselotte, die damals noch nicht zur Schule ging, für einige Wochen zu sich geholt, um die junge Mutter die erste Zeit mit dem Säugling zu entlasten. Das war zugleich eine Erholung für Else wie auch für Lieselotte, die von den Großeltern verwöhnt wurde. Für einige Wochen genoss sie das Leben als ein Einzelkind.

Anni und Telse decken jetzt den langen Tisch in der „guten" Wohnstube. Perfekt! Tüchtige Töchter! Ob es wohl eine Wortverwandtschaft der beiden Wörter „tüchtig" und „Tochter" gibt? Hier würde sie so gut passen!

„Fritz, gehst du schon mal an die Haustür, bitte. Die Teschendorfer kommen gerade", ruft Else aus der Küche.

Vom Küchenfenster hat sie einen guten Blick auf die Zufahrt zum Hof, die vom Dorf her an unserem Garten entlang auf das Haus zu führt. Die Kutsche mit den Teschendorfern fährt einmal um das Rondell vor der Haustür und hält direkt vor der Tür. Meine Schwester Helene und ihr Mann steigen aus. Es folgen meine Schwester Anna und ihr Mann. Der Kutscher bringt Pferde und Wagen zum Ausspannen zur Scheune. Er selbst wird den Abend in der Leutestube verbringen, die nach Tante Lines Tod wieder frei ist. Wir sind gern miteinander zusammen, meine Schwestern und Schwager und Else und ich. Zum Glück können wir uns häufig sehen, denn die acht Kilometer bis Teschendorf sind keine Hürde für Pferd und Wagen. Mit meiner Schwester Mary und ihrem zweiten Mann Otto Drückhammer ist der Kontakt noch häufiger, weil sie ja unsere Nachbarn sind. Wenn Mary nicht wäre, hätten wir wohl kaum erfahren, dass dieser Hof in ihrer Nachbarschaft zum Verkauf anstand. Welch eine glückliche Fügung, dass wir den Hof und zudem noch Mary als Nachbarin bekamen. Wo bleiben nur Mary und Otto? So ist es fast immer: Wer den kürzesten Weg hat, kommt zuletzt.

Else und unsere Töchter sind jetzt mit mir auf der

Diele, um die Teschendorfer zu begrüßen. Die Mädchen haben gleiche Kleider an, graugrundig mit kleinen aufgedruckten Blümchen und Rüschenvolants. Von Else selbst geschneidert. Auch das kann sie. Sie näht und strickt für sich und alle Kinder.

Unsere Kutsche mit Heinrich, Frieda und ihren Söhnen fährt vor. Fast gleichzeitig kommen auch Mary und Otto an. Ich glaube, Otto hat schon wieder zugenommen. So lange noch sein Bauch in die Weste passt, wird keine Arbeit angefasst. Otto ist mir, obwohl ich häufig über seinen geringen Arbeitseinsatz lästere, ein liebenswerter Schwager und Nachbar. Wenn in Oldenburg Dinge zu erledigen sind, fahren wir gern gemeinsam und freuen uns über die Kurzweil bei der Kutschfahrt. Nach Möglichkeit richten wir unsere Termine und Besorgungen nach den Klavierstunden der Kinder, die sonst zu Fuß nach Oldenburg gehen müssten. Else und ich lassen absichtlich immer zwei Schwestern zusammen den Unterricht nehmen, damit nicht ein Kind allein unterwegs ist, Telse und Anni zusammen und Lonny und Rita. Schade, für Lieselotte gibt es keine Schwester, um sie zu begleiten. Aber sie ist mit ihren sieben Jahren ohnehin noch zu klein für den Weg nach Oldenburg, wahrscheinlich auch noch zu jung für Klavierstunden.

Warum geht Else denn jetzt in die Küche? Ich dachte, sie würde gleich zu Tisch bitten. Sie kommt mit einem großen Tablett mit gefüllten Gläsern zurück. Für die Erwachsenen gibt es Portwein und für die Kinder Johannisbeersaft, der sich in der Farbe kaum vom Portwein unterscheidet.

„Liebe Gäste, ich freue mich, dass ihr mit uns Fritz' Geburtstag feiern wollt. Ich wünsche uns allen einen netten, unterhaltsamen Abend und dir, mein lieber Fritz, alles Gute zum neuen Lebensjahr und Lebens-

jahrzehnt. Auf dein Wohl!"
So kenne ich meine Frau gar nicht.
„Prost! Prost! Prost!" kommt es jetzt von allen Seiten, und die Gläser klingen. Wie gut, dass unsere Diele groß genug ist für einen Empfang. Ich genieße die gelöste Stimmung mit dem Stimmengewirr. Alles ist wunderbar.
„Darf ich zu Tisch bitten", setzt sich jetzt Else mit erhobener Stimme durch. Ich führe meine Geburtstagsgäste durch das „tägliche" Wohnzimmer in die ‚gute' Wohnstube. Heute ist die Flügeltür zwischen den beiden Zimmern weit geöffnet. Der lang ausgezogene Tisch ist hübsch gedeckt mit dem Goldrandgeschirr von Elses wohlhabender Tante aus Lauenburg, Kristallgläsern von Tante Line, Kerzen und Feldblumensträußen. Else, Anni und Telse sind in die Küche geeilt, um aufzutischen. Sie nehmen den kurzen Weg durch den kleinen fensterlosen Gang zwischen der Küche und „guten" Wohnstube.
Ich bin glücklich und gerührt, dass ich alle meine Lieben um mich habe: Drei meiner vier Schwestern, ihre Ehemänner, Heinrich mit seiner Familie, meine Frau und unsere Töchter. Und im Schlafzimmer der neue kleine Erdenbürger, unser Sohn Hans.
Gerührt bin ich auch von Heinrichs Tischrede: Er mahnt mit Nachdruck zu künftigem Frieden.
Es macht mich zufrieden, zu wissen, dass meine Schwestern ihr Auskommen haben. Helene sitzt mir zur Rechten, Anna zur Linken und Mary mir gegenüber. Wie ähnlich Mary doch unserer Mutter sieht! Ob Mutter wohl eine Einladung zu meinem Geburtstag angenommen hätte, wenn sie noch lebte? Seit dem fatalen Tag, an dem Vater sein Testament geändert hatte, bin ich nie wieder bei den Eltern in Heringsdorf gewesen. Mutter habe ich noch einige

wenige Male in Teschendorf bei Helene oder Anna getroffen. Ansonsten war der Kontakt zu den Eltern und der jüngsten Schwester völlig abgebrochen. Heute will ich nicht länger über die leidige Angelegenheit nachdenken! Heute ist mein Geburtstag! Alles ist gut, so wie es ist.

„So, Lonny, Rita und Lieselotte, für euch wird es Zeit ins Bett zu gehen. Ihr braucht euren Schlaf", höre ich Else vom anderen Tischende. Brav verabschieden sich die drei mit Händeschütteln und Knicks von unseren Gästen und verziehen sich nach oben in ihr Kinderzimmer. Telse setzt sich ans Klavier, um mir und den Gästen ein Ständchen zu bringen. Ich glaube, sie ist sehr aufgeregt. Mit hochrotem Kopf und angestrengter Mimik versucht sie ihr Bestes. Aber sie verspielt sich immer wieder. Es ist keine Freude, das anzuhören. Jetzt fängt sie wieder von vorn an, um es dieses Mal besser zu machen. Aber es wird nicht besser. Man kann es nicht mit anhören! Ich muss sie vom Vorspielen erlösen!

„Nun mach mal für Anni Platz, Telse", bitte ich sie.

Sie knallt den Klavierdeckel zu, dann die Wohnzimmertür von draußen und stürmt polternd die Treppe rauf. Ohne ein Wort. Sollte ich sie beleidigt haben? Ich wollte sie doch nur von ihrem Lampenfieber befreien.

Anni spielt jetzt Schuberts „Kinderszenen". Welch ein Genuss!

Else

Fritz hat sich sehr auf seinen Geburtstag gefreut. Seit Tagen erkundigt er sich schon nach meiner Speisenplanung! Er scheint mit dem Ergebnis zufrieden zu sein.

Nun sitzen wir endlich alle am lang ausgezogenen

Tisch in der ‚guten' Wohnstube: Drei von Fritz' Schwestern mit ihren Ehemännern, sein Vetter Heinrich mit Ehefrau Frieda und ihren Söhnen und unsere Töchter. Fritz sitzt am oberen Tischende, und ich am unteren, dem Küchengang am nächsten. Unseren Sprössling Hans habe ich schon vor dem Essen ins Bett gebracht. Er ist noch zu klein, um bei Geselligkeit mit am Tisch zu sein. Aber die Mädchen sollen gern dabei sein. Sie können sich schon gut benehmen. Wie verschieden sie doch sind, und wie hübsch jede auf ihre Weise ist! Telse mit ihren roten Haaren, der niedlichen Stupsnase und Sommersprossen. Anni sieht mit ihren blonden Locken und den schönen blauen Augen wie ein Engel aus. Lonny, die den Platz neben ihr hat, ist das ganze Gegenteil: Sie ist schwarzhaarig, hat sehr dunkelbraune Augen, aus denen ihr ganzes Temperament blitzt, und ausgesprochen hohe Wangenknochen, die den Schnitt ihrer Augen prägen. Man weiß ja bei uns Ostholsteinern nie genau, wie viele germanische oder slawische Gene wir von unseren Vorfahren geerbt haben. Bei Lonny scheinen die slawischen zu überwiegen. Was für Spekulationen mir da durch den Kopf gehen! Sie hat natürlich dieselben Vorfahren wie ihre blonden und rotblonden Schwestern! Allerdings hat sie ein anderes Temperament, mein kleiner „schwarzer Teufel". Sie muss oft ihr Mütchen kühlen. Am besten geht das mit Scheuern. Gestern hat sie mir die Küche gescheuert, mit all ihrer Kraft und Energie. Dann wurde sie ruhig und fast sanftmütig. Ich finde erstaunlich, dass sie mit ihren elf Jahren schon ein so gutes Gefühl dafür hat, wie sie sich am besten abreagieren kann. Aber sie scheuert auch zu anderen Zeiten gern. Ich war dankbar, dass sie sich heute noch, bevor die Gäste eintrafen ‚Tante Meier' gewidmet hat, damit dort auch alles einwandfrei sauber ist.

Rita ist mir wohl im Aussehen am ähnlichsten. Sie hat meine braunen Augen und mein dunkelblondes Haar geerbt. Sie ist so gern auf Wiesen und Feldern, liebt Pflanzen und Tiere. Bis zum Melken hat sie auch heute wieder mit Thea Kühe gehütet und kam ganz glücklich mit einem Feldblumenstrauß für Fritz nach Hause. Der Strauß steht jetzt vor ihm auf dem Tisch und unterstreicht damit, dass sein Platz heute ein Ehrenplatz ist. Mir scheint, Rita ist ein glückliches Kind, immer zufrieden mit allem wie es kommt. Ganz im Gegenteil zu Lieselotte. Die hat immer etwa zu nörgeln und zu beklagen. Ständig fühlt sie sich benachteiligt im Verhältnis zu der nur zwei Jahre älteren Rita, zu ihren großen Schwestern und zu dem kleinen Bruder. Ich glaube, im Aussehen ist sie von allen Kindern Fritz am ähnlichsten. Sie ist wie er rotblond und sehr hellhäutig. Sie haben beide eine sehr schmale Nase mit auffallend großen Nasenlöchern und auch – ähnlich wie Lonny – hohe Wangenknochen. Also doch slawische Gene?

Wie lieb und einsatzfreudig mir meine Töchter heute geholfen haben! Anni und Telse beim Kochen und Tischdecken, Lonny mit Scheuern, Rita hat gestern Silber geputzt und Lieselotte Unkraut gejätet. Ich bin glücklich und stolz, dass sie so tüchtig sind. Ganz brav sitzen sie jetzt bei Tisch und lauschen den Gesprächen der Erwachsenen. Hin und wieder wird auch das Wort an sie gerichtet, meistens von Heinrich. Er hat ein Gespür dafür, wie jeder am besten angesprochen wird, um ihn aus der Reserve zu locken.

„Rita, wie heißt denn deine Freundin? Aha, Thea. Wohnt sie in der Nachbarschaft? Mag sie auch so gern auf dem Feld sein wie du?"

„Und Lieselotte, hast du auch eine Freundin? Nein,

nicht? Wie schade! Ich dachte, weil du inzwischen schon zur Schule gehst, hättest du jemanden kennen gelernt."

Jetzt schlägt Heinrich sanft mit einem Messer an sein Weinglas. Im Stillen hatte ich schon gehofft, er würde eine Tischrede halten. Er kann das gut.

„Lieber Fritz und liebe Geburtstagsgäste,
ich freue mich sehr, hier heute zu euch sprechen zu können. Es ist nicht so selbstverständlich, dass nach einem Weltkrieg, wie wir ihn bis vor ein paar Jahren haben erleben müssen, eine Familie sich so vollständig wieder zu einer Feier treffen kann. Wir Männer hier wurden aus Altersgründen nicht mehr einberufen. Unsere Söhne wiederum waren noch Kinder. Wenn wir auch unter Hunger, Angst, Entbehrungen und Kriegsbedrohungen haben leiden müssen, so ist doch von uns hier in dieser Familie kein Kriegstoter zu betrauern. Möge es immer so bleiben! Mögen wir und unser ganzes Land und alle Welt von zukünftigen Kriegen verschont bleiben! Der Verlust so vieler Menschen durch den Krieg, Hunger und Elend, die auch nach dem Krieg noch anhielten, sollten uns mahnen, nie wieder Kriege zu haben.

Immer noch haben wir kriegsbedingt schwere Zeiten, besonders durch die Reparationen, die uns durch den Versailler Vertrag, dem „Knüppelvertrag", auferlegt wurden. Nicht nur wir und unsere Kinder, selbst unsere Enkel werden noch mit den Reparationen belastet werden. Wir wollen weder Krieg noch so schlimme Kriegsfolgen noch einmal erleben müssen. Lasst Demokratie und Nächstenliebe unsere Ziele sein, damit wir unseren Kindern eine Zukunft ohne Krieg bereiten. Wenn ich hier meine hoffnungsvollen Nichten und Söhne ansehe und an den kleinen Hans in seinem Bettchen denke, habe ich das Bedürfnis, dazu beizutragen, dass nie wieder Krieg entsteht. Wir haben ausgesprochen gut gegessen heute. Nicht Speisen aus Steckrüben wie in den schlimmen Kriegs- und Nachkriegsjahren, sondern ein richtiges Friedensessen, ein Essen, das eine Gaumenfreude war, dank dir, liebe Else. Kompliment! Gekonnt ist gekonnt! Ich glaube, ein schöneres Geburtstagsgeschenk hättest du deinem Mann nicht machen können, als ihn und seine Gäste kulinarisch so zu verwöhnen. Ich bin fest überzeugt, dass du, Fritz, das zu schätzen weißt.

Ihr habt durch den Erwerb eures Hofes einen sehr schweren Start gehabt. Wenn Else nicht so zugepackt hätte, wäre euer Unterfangen bestimmt gescheitert. Ihr hättet ein leichteres Leben haben können, wenn du, Fritz, den elterlichen Hof in Heringsdorf geerbt hättest. Du hattest Landwirtschaft gelernt; die ganze Familie und du gingen davon aus, dass du den Hof eines Tages übernehmen würdest. Doch bei einem Zechgelage überredete der Mann deiner jüngsten Schwester deinen Vater zur Änderung seines Testamentes. Dadurch wurdest du zu einem Bauern ohne Land. Ich finde, ihr beiden habt das Beste aus der Situation und aus eurem Leben gemacht. Ich gratuliere euch dazu. Jetzt aber beglückwünsche ich dich vor allem zu deinem fünfzigsten Geburtstag und bitte alle Anwesenden, mit mir das Glas zu heben und Fritz ,Hoch leben' zu lassen".

„Hoch soll er leben ..." Und noch einmal mit gemischtem, nicht sonderlich musikalischem Chor.

Fritz und mein gemeinsamer Lebensweg hätte auch unter noch anderen Umständen leichter sein können, wenn wir uns nur früher kennen gelernt und zur Ehe entschlossen hätten. Als Fritz in mein Leben trat, hatten meine Eltern ihren Bauernhof in Woltersdorf gerade verkauft und von dem Erlös die Gastwirtschaft auf der ihrem Hof gegenüberliegenden Straßenseite gekauft. Zuerst habe ich mit den Eltern gemeinsam die Gastwirtschaft betrieben. Das hat mir viel Freude gemacht. Was ich dort an Erfahrungen gesammelt habe, ist mir später in der Friedrichsthaler Mühle von Nutzen gewesen. Inzwischen sind meine beiden jüngsten Schwestern Thekla und Annie voll engagiert in Woltersdorf.

Schade, dass der Hof schon verkauft war! Fritz und ich hätten mit der Übernahme des Hofes in Woltersdorf sicherlich weniger finanzielle Sorgen gehabt - und meine Eltern ein Altenteil vom Hof, wie es üblich ist.

Andererseits finde ich die Wendung, die unser Leben durch die verpassten Höfe genommen hat, auch gut. Wir sind stolz darauf, es bis hierhin geschafft zu haben. Alles, was wir haben, ist selbst erarbeitet.

Unsere drei jüngeren Töchter verabschieden sich jetzt. Es wird Zeit für sie, ins Bett zu gehen. Aber Telse und Anni bleiben noch auf, weil sie ihrem Vater noch ein Klavierständchen geben, aber auch zur Unterhaltung der Gäste beitragen wollen. Telse beginnt. Sie scheint sehr aufgeregt zu sein. Sie verspielt sich ständig. Auch als sie vorne anfängt, wird es nicht besser. Was sagt Fritz gerade? Höre ich das richtig?

„Telse, mach mal Platz für Anni!"

Er fordert tatsächlich Telse auf, für Anni Platz zu machen! Unmöglich! Wie kann er nur so wenig feinfühlig sein! Die ganze Familie - und Telse selbst auch – weiß, dass Anni die weitaus bessere Klavierspielerin ist. Aber das kann man Telse doch nicht so spüren lassen! Er schickt sie weg, als ob ihr Vorspielen eine Zumutung für ihn und seine Gäste sei. Kein Wunder, dass sie verletzt und wütend davonläuft nach oben in ihr Kinderzimmer. Auf jeder einzelnen Treppenstufe stampft sie, „Dampf ablassend" polternd auf. Armes Mädchen! Das hast du nicht verdient! Ich werde ihr nachgehen. Dabei habe ich noch keine Idee, wie ich sie trösten kann. Ich hoffe sehr, mir fällt etwas Sinnvolles ein. Während ich die Tafel verlasse, beginnt unsere begabte Anni ihr Vorspielen mit Schuberts schönen „Kinderszenen".

Rita

Ich bin sehr froh, dass Thea meine Freundin ist. Sie ist zwar schon zehn und ich erst neun Jahre alt, aber wir verstehen uns ganz ausgezeichnet. Bis vor einem Jahr ist sie in die Altgalendorfer Dorfschule gegangen wie wir fünf Schwestern auch. Aber seit einem Jahr besucht sie die Oberschule in Oldenburg. Darum sehen wir uns nur noch an den Nachmittagen. Dafür aber jeden Nachmittag. Wenn ich zu Hause helfen muss, kommt sie einfach dazu und unterstützt mich. So bin ich früher fertig, und wir können spielen. Heute soll ich – wie so oft – bis zum Melken die Kühe auf der Weide hüten. Für Thea und mich ist das eigentlich keine Arbeit. Die Kühe sind ganz friedlich mit Grasen und Wiederkäuen beschäftigt. Man muss nur hin und wieder hinsehen, um rechtzeitig zu merken, wenn sich mal eine zu weit entfernt. Dann laufen wir schnell mit unserer langen Gerte hin und jagen sie zur Herde zurück. Meistens sitzen wir vor dem Knick im Gras und Thea bringt mir ein bisschen Englisch bei, wie auch heute.

„I love my mother, I love my father, I love my sisters. Sprich das mal nach!" fordert sie mich auf.

„Weißt du, was mother, father und sister bedeutet?"

Das war nicht so schwer zu erraten. Aber das „th" wie ein gelispeltes „s" zu sprechen, ist eigenartig. Mir macht es viel Spaß, von ihr ein bisschen unterrichtet zu werden. Ich hätte wohl auch Lust, auf die Oberschule zu gehen. Aber Papa und Mama haben nicht genug Geld, um uns Kinder auf die Oberschule gehen zu lassen. Was nicht geht, das geht nicht! So einfach ist das. Ich hab ja meine Freundin, die mir einiges beibringt. Und so gemütlich am Knick auf der Kuhweide zu sitzen, um Englisch zu lernen, ist vielleicht sogar besser als im Klassenzimmermief.

Wenn wir nachher die Kühe zum Melken in den Stall gebracht haben, komm ich nochmal hierher und auf die danebenliegende Weide, weil ich dort so schöne Mohnblumen, Scharfgarben und Rainfarn gesehen habe. Heute ist Papas 50.Geburtstag. Ich denke mir, ein Feldblumenstrauß auf seiner Geburtstagstafel sieht bestimmt schön aus. Rote, gelbe und weiße Blumen auf weißer Tischdecke stelle ich mir sehr hübsch vor. Leider habe ich nirgendwo blaue Blumen entdecken können. Blau dazu wäre noch schöner gewesen.

Telse und Anni haben den Tisch schon fertig gedeckt. Mein Strauß sieht wirklich gut aus. Ich stelle ihn direkt vor Papas Platz, weil er das Geburtstagskind ist. Komisch, dass ein Erwachsener ein Geburtstagskind sein kann. Papa hat sich sehr über den Strauß gefreut. Heute kommen die Teschendorfer, Tante Mary und Onkel Otto und Onkel Heinrichs Familie zu Besuch. Onkel Heinrich selbst ist schon seit ein paar Wochen hier. Es ist immer sehr schön, wenn Onkel Heinrich zu Besuch ist. Er lacht und scherzt mit uns Kindern, er ist immer gut gelaunt und lustig. Als wenn es Arbeit und den Ernst des Lebens nicht gäbe. Auf Papa und Mama färbt die gute Laune meistens ab. Dann ist gute Stimmung in der Familie.

Inzwischen sind alle Gäste eingetroffen und werden nach einem Portweinempfang in die gute Wohnstube zum Essen gebeten. Wir Mädchen dürfen heute dabei sein. Ich habe Glück: Ich darf bei Onkel Heinrich sitzen. Lonny und Lieselotte sind uns gegenüber.

„Na, Rita hast du eine Freundin?" fragt mich Onkel Heinrich. Ich erzähle ihm von meiner Freundschaft mit Thea, vom Englischlernen, vom Kühe hüten und vom Spielen.

„Und du Lieselotte? Hast du auch eine Freundin?" wendet er sich jetzt an Lieselotte.

„Nein, ich nicht", antwortet sie.

Warum lügt sie? Sie hat sich in der Schule mit Jutta Ochsen angefreundet. Manchmal ist sie zum Spielen bei Familie Ochsen in Altgalendorf gewesen. Einmal war ich sogar dabei, weil es eine Kasperle-Aufführung gab. Juttas Eltern waren ausgesprochen nett zu uns Kindern. Bei der Ankunft gaben sie jedem Kind einen Groschen, damit es Eintritt bezahlen konnte für das Theater, das von ihrem älteren Sohn im Wohnzimmer vorgeführt wurde. Die Eltern blieben den ganzen Nachmittag bei der Kinderveranstaltung. Hatten sie so viel Zeit? Warum mussten sie nicht arbeiten? Bei meinen Eltern könnte ich mir nicht vorstellen, dass sie einen ganzen Nachmittag mit uns spielen würden. Wer würde in dem Fall ihre Arbeit erledigen?

Hat Lieselotte vergessen, dass sie eine Freundin hat? Oder will sie mal wieder bemitleidet werden, indem sie leugnet, eine Freundin zu haben? Aber Onkel Heinrich bemitleidet sie nicht.

„Was nicht ist, kann ja noch werden!" sagt er einfach.

Jetzt klopft er mit dem Messer an sein Weinglas. Ich hab richtig Angst, dass es zerspringt. Aber es passiert nichts, außer dass jetzt alle leise sind und zu ihm schauen. Das hat er bezweckt, damit sie ihm zuhören bei seiner Geburtstagsrede. Er spricht von früher, vom Krieg, und von der Zukunft, die möglichst ohne Krieg sein soll. Er will nach besten Kräften dazu beitragen. Das kann ich mir bei ihm auch gut vorstellen. Jemand, der so lieb ist wie er, könnte mit seiner Freundlichkeit und Friedfertigkeit Vorbild für alle sein und mitwirken, Krieg zu verhindern.

Oh, wie schade! Mama schickt uns drei Jüngeren zu Bett. Ich wäre so gern noch aufgeblieben. Gerade jetzt, wo Telse und Anni Klavierspielen wollen. Aber es hilft nichts, wir müssen gehen. Ich werde mir das Vorspielen dann eben auf meine Weise anhören oben in unserem Kinderzimmer, das glücklicherweise genau über der „guten" Wohnstube liegt. Wir machen uns ganz schnell zum Schlafen fertig, um rechtzeitig zum ‚Klavierkonzert' bereit zu sein. Lonny und ich schlagen die Läufer zurück und legen uns flach auf den Boden mit den Ohren an den Ritzen im Holzfußboden. Die ersten Töne sind zu hören, ein bisschen gedämpft zwar, aber besser als nichts. Eine Melodie ist nicht so ganz eindeutig zu erkennen. Das ist sicher Telse. Sie ist wohl heute besonders aufgeregt. Andauernd verspielt sie sich. Nun fängt sie dasselbe Stück von vorn an. Mit einmal ist Stille, ganz plötzlich, mitten im Stück. Dann knallt die Wohnzimmertür, und Telse kommt heftig stampfend die Treppe rauf. Noch eine Tür knallt, die von ihrem und Annis Zimmer. Nach einiger Zeit geht das Klavierspiel weiter. Mit Genuss lausche ich, wie Anni Schuberts „Kinderszenen" vorspielt.

Lieselotte
Es sieht komisch aus, wie Lonny und Rita im Nachthemd auf dem nackten Holzfußboden liegen. Kalt ist es sicher auch. Sie pressen die Ohren an die Ritzen zwischen den Dielen und tun so, als ob sie einen Musikgenuss hätten. Das olle Klaviergeklimper! Was

wohl daran schön ist?

Es ist mal wieder typisch für die Ungerechtigkeit mir gegenüber: Alle vier Schwestern dürfen zum Klavierunterricht, nur ich nicht! Mit sieben oder acht Jahren haben sie alle angefangen mit den Klavierstunden. Ich bin jetzt sieben Jahre alt, in drei Monaten sogar schon acht. Aber mich fragt keiner, ob ich wohl Klavierspielen lernen will. Vielleicht will ich ja gar nicht. Aber fragen könnten sie mich!

Immer ist Mama ungerecht zu mir. Nur ich musste dauernd Tante Line vorlesen, damit sie etwas Unterhaltung hatte. Nie Telse, nie Anni, nie Lonny und schon gar nicht Rita. Rita ist ja sowieso Mamas Liebling. Mich schickt Mama immer in den Garten zum Unkrautjäten. Weil sie denkt, ich könnte Blumen und Gemüse nicht vom Unkraut unterscheiden, muss ich immer die vielen Buchsbaumhecken sauber halten. Da kann nichts schiefgehen, meint sie. Dabei kenn ich mich schon ganz gut aus. Ich würde lieber in den Beeten arbeiten als ausgerechnet an Buchsbaumhecken. Die piksen und kratzen und tun mir an den Händen so weh.

Rita darf immer mit Thea Petersen spielen. Oft sind die beiden bei Petersens, und Mama kann Rita nicht rufen, wenn sie sie zum Helfen braucht. Mich hat sie dagegen ständig zur Verfügung, denn ich habe ja keine Freundin. Selbst heute Morgen musste ich noch jäten, obwohl Papa Geburtstag hat. Rita war wie üblich nicht zu sehen. Wahrscheinlich verbrachte sie ihre Zeit wieder mit Thea.

Ich glaube, mich hat keiner lieb; vielleicht Papa ein bisschen. Aber Mama überhaupt nicht! Sie hat bestimmt lieber einen Jungen gewollt, als ich geboren wurde. Ist ja klar: Wenn man schon vier Töchter hat, will man endlich einen Sohn. Den hat sie ja nun. Der darf alles, auch mich mit Füssen treten. Als Hans seine ersten kleinen Stiefel bekam, hat er mich damit vor die Schienenbeine getreten, und Mama hat darüber gelacht. Sie hätte sich doch denken könne, dass mir die Fußtritte sehr weh tun. Wenn ich heute daran denke, schmerzt ihr Lachen noch viel mehr als die Tritte.

Es gibt doch jemanden, der mich lieb hat: Oma Burmester. Als ich sechs Jahre alt war, hat sie mich für vier Wochen zu sich und Opa Burmester nach Woltersdorf geholt. Sie hat gesehen, dass es mir in meiner Familie schlecht geht und wollte darum für einen Ausgleich sorgen. Opa und sie haben mich sehr verwöhnt während dieser Wochen. Jeden Morgen bekam ich heiße Schokolade. Manchmal hat Oma auch mit mir gespielt. Die Wochen in Woltersdorf waren die schönste Zeit in meinem Leben.

Wenn ich erwachsen bin, habe ich bestimmt ein besseres Leben.

Ich möchte werden wie Tante Frieda. Sie saß mir beim Geburtstagsessen gegenüber. Ich finde sie sehr chic. Allein das tolle Kleid aus weichem, schwarzem Samt. Seine schmalen Manschetten gehen fast bis zum Ellbogen und haben ganz viele kleine Knöpfe. Die Haare trägt Tante Frieda elegant hochgesteckt, nicht im üblichen Nackenknoten wie Mama und wie meine anderen Tanten. Außerdem hat sie sich die Lippen rot angemalt, was ich auch sehr hübsch finde. So möchte ich auch aussehen, wenn ich groß bin! Dann bin ich sicher viel glücklicher als heute.

Abspann

Fritz starb 1943 an Herzasthma. In seinem Testament setzte er Else als Vorerbin ein.

Else verstarb 1965 nach einem Oberschenkelhalsbruch. Telse wurde Hoferbin.

Telse heiratete ihren Vetter Willi Sievert, der sich bald nach der Eheschließung selbst tötete. In zweiter Ehe war sie mit Hans Bünning verheiratet und adoptierte seinen Sohn, der 1968 den Hof von Telse überschrieben bekam. Schon drei Jahre später musste der Adoptivsohn den Besitz verkaufen.

Anni war mit dem Bauern Hans Behrens verheiratet, hatte zwei Kinder, Walter und Renate. Sie verlor ihren Mann früh durch die Spätfolgen eines Verkehrsunfalls.

Lonny heiratete den Malermeister Ernst Keller, der im zweiten Weltkrieg fiel. Ihr Sohn Peter wurde 1940 geboren.

Rita heiratete den Bauern Claus Ochsen, obwohl sie sich geschworen hatte, nie einen Landwirt zu heiraten. Die schwere Arbeit in ihrer Jugend hatte sie gegen eine Ehe mit einem Bauern voreingenommen. Sie hat während ihrer Zeit als Bäuerin nie auf dem Feld oder im Stall (außer Hühnerstall) arbeiten müssen. Vielleicht gab es ein Versprechen ihres Ehemannes diesbezüglich. Rita hatte drei Kinder: Ingrid, Karin und Claus. Karin verstarb im Februar 1945. Auf Grund des Todesfalles bekam Vater Claus kurz vor Kriegsende Heimaturlaub und entkam so dem Kessel in Kurland und war gerettet. Rita wurde fast 95 Jahre.

Lieselotte heiratete den Lübecker Kaufmann Hans Wendt, der im zweiten Weltkrieg vermisst und später für tot erklärt wurde. Die junge Witwe packte ihr Leben in der Großstadt tatkräftig an. Sie absolvierte ab 1945 eine Lehre zur Floristin und eröffnete zehn Jahre später ein eigenes Blumengeschäft. Sie nähte sich tolle Garderobe, anfangs aus noch sehr einfachen Stoffen, wie Bettlaken, die den Krieg überdauert hatten. Sie wurde die schicke Städterin, wie sie sich es gewünscht hatte. Lieselotte starb nur drei Monate vor ihrem 100. Geburtstag.

Hans fiel im Kessel von Stalingrad als Einundzwanzigjähriger.

Ingrid Brandenburger

Nie werde ich Mama zu dir sagen

Wie lange mag ich hier wohl schon sitzen? Ich habe überhaupt kein Zeitgefühl dafür. Ist es eine halbe Stunde, oder sind es zwei, drei oder noch mehr Stunden? Es ist kalt und dunkel. Nur rund um die Tür zum Flur erhellt ein kleiner Spalt meinen Platz. Aus dem Keller dringt kein Licht nach oben, weil die Kellerfenster mit Koks zugeschüttet sind. Ein düsteres Loch unter mir. Und jetzt rascheln auch noch Mäuse da unten oder gar Ratten! Ich habe mal gehört, dass Ratten beißen und Krankheitskeime übertragen. Wie schrecklich, wenn sie die Kellertreppe heraufkämen! In dem Fall würde ich ganz laut schreien, damit sie mich raus lässt. Das habe ich bisher noch nie getan, denn sie soll nicht wissen, dass ich meine Bestrafung schlimm finde. Aber wenn die Ratten kommen, muss sie mich raus lassen! Ich weiß gar nicht, ob mein Zittern von der Kälte kommt oder von der Angst vor den Mäusen und Ratten.

„Hü, hü!" höre ich den kleinen Max fröhlich vor sich hinplappern. Er reitet auf seinem Steckenpferd direkt vor der Kellertür vorbei. Jetzt biegt er wohl gerade zur Küche ab. Was für ein süßer kleiner Kerl! Ich glaube, von all meinen Geschwistern ist er mir der Liebste. Er scheint mir für seine drei Jahre sehr aufgeweckt zu sein, wenn nicht gar intelligent. Ich glaube, er hat viel von unserem Vater geerbt. Allerdings hat er auch Ähnlichkeit mit seiner Mutter – äußerlich jedenfalls. Besonders in der Mundpartie. Bei beiden fallen ein starkes Kinn und die ein wenig vorgeschobene Unterlippe auf.

„Wo ist Katrin, Mama? Ich will mit ihr spielen. Sie hat

es mir versprochen."

„Du musst noch ein bisschen warten. Sie ist noch in der Schule."

Von wegen ‚in der Schule!' Wir haben jetzt Ferien! Noch eine ganze Woche lang. Leider! Nach dem Krieg hatten wir ein ganzes Jahr keine Schule. Aber jetzt, 1947, läuft alles wieder seinen normalen Gang. Ich bin sehr froh darüber. Auch heute hätte ich lieber Schule als Ferien. Da müsste ich nicht Stunden auf der Kellertreppe zubringen. Ich hätte meine Freundin Alice bei mir. Statt laufend getadelt zu werden wie zu Hause, würde ich eher Lob erhalten, für meine Aufsätze und meine Schrift, für gut erledigte Hausaufgaben und für meine Schnelligkeit im Kopfrechnen. Wenn auch Herr Rühmann mit den Jungen und einigen Mädchen sehr streng ist, scheint er bei mir keinen Grund dafür zu sehen. Jedenfalls ist er immer freundlich zu mir. Noch schöner als den Unterricht bei Herrn Rühmann empfinde ich die neu eingerichteten Handarbeitsstunden an den Donnerstagnachmittagen: Mit Stricken, Häkeln, Nähen und Basteln. Und immer wird dabei gesungen. Es ist toll, wie Frau Manthey uns Mädchen anleitet und fördert. Selbst die Unmusikalischsten treffen mit Frau Mantheys Hilfe manchmal den richtigen Ton.

„Mama, wie lange dauert es noch, bis du mit Wibke fertig bist?" ruft Max jetzt seiner Mutter zu. Aha, dann ist sie wohl dabei, die Kleine zu stillen oder zu wickeln. Gestern hat sie mir zum ersten Mal erlaubt, meine neue kleine Schwester auf den Arm zu nehmen.

„Mit elf Jahren müsstest du das wenigstens können. Pass gut auf ihr Köpfchen auf. Stütz es mit der Hand ab!"

Wie schön war es, das Baby im Arm zu haben. Es hat

69

mich so lieb angelächelt und ganz glücklich gemacht. Ich glaube, ich möchte mal einen Beruf haben, wo ich mich um Babys oder Kleinkinder kümmern kann.

Jetzt weiß ich: Ich werde Säuglingsschwester!

Wenn Papa kommt, wird sie mich vorher schnell raus lassen, damit er nichts merkt. Er soll nicht erfahren, dass sie mich so oft in den Keller sperrt – weder von ihr und noch von mir. Für was bestraft sie mich eigentlich? Nur weil ich sie nicht mit Mama ansprechen will? Ich weiß, das kränkt sie nicht nur. Es macht sie sogar wütend.

Ich erinnere mich noch genau an die Situation, als sie zum ersten Mal in unser Haus kam. Ich war damals fünf Jahre alt, Elisabeth vier und Katja erst zwei. Werner, Günther und Hans waren schon ziemlich groß, vielleicht zehn, zwölf und vierzehn Jahre alt. Wir Kinder saßen alle in der Stube, als unser Vater mit Tante Carola, der jüngsten Schwester unserer Mutter, eintrat. Beide strahlten uns Kinder an. Wir verstanden nicht, was es für einen Grund zur Freude geben könne. Unsere Mutter war gestorben! Ich hatte das Gefühl, dass wir alle nie wieder lachen könnten. Und nun das!

„Ich bin jetzt eure Mutter!"

Den Satz vergesse ich nie.

Tante Carola, eine gut aussehende Zwanzigerin - vielleicht etwas zu kräftig gebaut und mit relativ großem Busen - stand vor uns sechs Geschwistern und lächelte uns erwartungsvoll an.

„Am besten ihr sagt gleich Mama zu mir."

Ich war die einzige von uns Kindern, die sich dazu äußerte. Die anderen guckten sie nur verdutzt an: „Meine Mama ist tot. Zu dir sage ich nie Mama! Niemals!"

Das war wie eine Kriegserklärung. Papa ließ den Kopf

sinken und guckte mich ganz traurig an. Er wird gehofft haben, dass ich nachgebe, irgendwann jedenfalls. Nie, nie, nie gebe ich nach! Ich spreche sie nur mit ,du' an, denn, ,Tante Carola' zu sagen hat sie mir verboten, und ,Mama' sage ich nicht. Meinen Geschwistern fiel die Anrede „Mama" anstatt „Tante Carola" mit der Zeit immer leichter. Besonders Katja. Die wusste schon bald nicht mehr, dass es eine andere Mama gegeben hat.

Wenn Papa doch endlich von der Arbeit käme, damit ich hier nicht länger im Kalten und Dunklen sitzen muss! Zum ersten Melken geht er schon immer morgens um vier auf den Hof und kommt, wenn er die Milch zur Meierei gefahren hat, zum Frühstück nach Hause. Danach muss er die Kühe füttern und ausmisten. Meistens ist er damit gegen zwölf Uhr fertig. Bis zum Melken am Nachmittag von vier Uhr bis sechs hat er eine wohlverdiente Pause, die er oft uns Kindern widmet. Es gibt kaum Kinderfragen, die er nicht beantwortet. Manchmal aber sitzt er über Uhrreparaturen auf dem Sofa in unserer Wohnküche. Für das ganze Dorf ist er bereit, die Uhren instand zu setzen. „Spor di den Weg inne Stadt, Fritjof Feddersen makt dat schon mit dien Klock. He hat noch alle henkreegen ", lief die Mundpropaganda für ihn. Ich bin richtig stolz auf meinen Papa. Haareschneiden kann er auch. Sonntags kommen so einige der Nachbarn – hauptsächlich Kinder, - um sich von meinem Vater einen Haarschnitt verpassen zu lassen. Ich bin mir nicht sicher, ob er Geld dafür nimmt. Gebrauchen könnten wir es schon. Das Deputat vom Hof in Form unseres Hauses, zwei Ferkeln pro Jahr, die wir in unserem kleinen Stall großziehen, und einer bestimmten Menge Weizen und sein Melkerlohn sind knapp ausreichend für unsere große Familie. Selbst wenn

Werner und Günther nicht mehr zu Hause wohnen und sich ihren Lebensunterhalt schon selbst verdienen, bleibt doch noch viel für Papa zu finanzieren. Trotz all der Geldknappheit hat er für die Familie ein großes Lexikon in drei Bänden angeschafft. Jetzt steht unserer Wissensgier nichts mehr im Wege. Wir können selbst etwas nachschlagen oder mit Papa gemeinsam suchen und von ihm erklären lassen. Er ist so geduldig mit uns. Ganz anders als sie! Sie fährt gleich aus der Haut, wenn ihr etwas schiefgeht. Gestern hat sie die Kartoffeln anbrennen lassen. Mit hochrotem Kopf stand sie vor dem Herd und knallte den Topf mit Wucht auf den Fußboden, als wolle sie ihn bestrafen. Der konnte doch genauso wenig dafür wie sie selbst, weil sie ja gerade das Baby gestillt hatte.

Ich höre, wie sie jetzt mit den Herdringen klappert. Wahrscheinlich setzt sie die Kartoffeln für das Mittagessen auf. Das heißt, dass Papa bald kommt.

„Max, guck doch mal raus, ob du Elisabeth und Katja auf dem Dorfplatz siehst. Du könntest sie schon zum Essen rufen", fordert sie den Kleinen auf. So ist sie einen eventuellen Beobachter und Zeugen ihrer merkwürdigen Strafmaßnahmen los.

Ohne ein Wort zu mir schließt sie die Kellertür auf und geht wieder an den Herd. Das Baby hält sie im linken Arm und hantiert mit der rechten Hand auf Tisch und Herd herum. Tüchtig ist sie ja! Das muss ich ihr zugestehen. Gemüse und Kartoffeln sind aus ihrem Garten. Auch den schafft sie zu bearbeiten trotz der vielen Kinder, die von ihr versorgt werden müssen. Besonders Wibke beansprucht viel von ihrer Zeit, weil sie noch gestillt wird.

Wir sprechen nicht miteinander. Sie rührt im Kochtopf, schäkert ein wenig mit Wibke und tut, als wenn ich nicht da wäre. Ich sage auch nichts, nehme wortlos Geschirr und Bestecke aus dem Schrank und decke den Tisch. Als Papa zur Haustür reinkommt hat er gleich Max, Elisabeth und Katja im Schlepptau, die ihn gleichzeitig mit den Erzählungen über ihre Erlebnisse des Tages bestürmen. Max umklammert Papas rechtes Bein, und Katja hält seine Hand. Für jeden von ihnen hat er ein freundliches Wort und ein nettes Lächeln.

„Und du Katrin? Wie wär dien Vörmiddag?"

„Ach – nix Besünners, Papa!"

1958

Der Bus zuckelt die Landstraße entlang. Er hält in jedem Dorf an. So dauert die Fahrt ziemlich lange. Das ist mir einerseits ganz recht, weil sich so mein Eintreffen zu Hause hinauszögert. Ich habe ein bisschen Angst vor dem Wiedersehen, weil ich so lange nicht dort war. Mein schlechtes Gewissen meldet sich. Auf der anderen Seite habe ich das Bedürfnis, den Eltern möglichst bald mein Examenszeugnis zu präsentieren.

„Du brauchst gar nicht erst anzufangen mit deiner Ausbildung zur Säuglingsschwester. Du schaffst das sowieso nicht!" hatte mir meine Stiefmutter, zum Abschied gesagt, als ich meine Koffer packte, um nach Lübeck zu ziehen, wo ich an der Schwesternschule angenommen worden war. Ich konnte gar nichts erwidern; war einfach sprachlos vor Enttäuschung und Zorn. Aber gedacht habe ich: „Nun erst recht! Du wirst schon sehen!"

Wie lange war ich schon nicht mehr zu Hause gewesen? Ich glaube, es ist mehr als ein Jahr her. Katja hatte mir geschrieben, dass Papa krank sei. Papa krank! Das konnte ich mir überhaupt nicht vorstellen, weil ich ihn nie krank erlebt hatte. Während meiner ganzen Kindheit nicht. Ich hatte aber auch nie erlebt, dass er Urlaub oder auch nur ein freies Wochenende gehabt hätte. Als Kind habe ich darüber nie nachgedacht. Es war so selbstverständlich, dass Papa jeden Tag zur Arbeit ging, ausnahmslos jeden Tag. Seinen Urlaub hat er sich immer auszahlen lassen, wie ich später erfahren habe. Und sonntags freimachen? Wie denn? Die Kühe hatten auch sonntags volle Euter. Doch im vorigen Jahr erkrankte Papa ernsthaft. Er fiel für ein paar Wochen aus. Auf dem Hof musste man daraufhin nach anderen Lösungen suchen. Der Bauer selbst, seine Tochter und die Hausangestellte molken nun zu dritt die zwanzig Kühe, die unser Vater alleine schaffte. Auch die Anschaffung einer Melkmaschine wurde erwogen. Vielleicht gibt es sie ja inzwischen und erleichtert Papa die Arbeit. Außerdem haben alle, unsere Familie und die des Bauern, beschlossen, dass Papa künftig unbedingt seine Urlaube wahrnehmen soll. Der Schreck, dass jemand wie er plötzlich so schwer erkrankte, hat alle nachdenklich gemacht.

Papa hat sich sehr über meinen Besuch während seiner Krankheit gefreut. Wie damals habe ich mich auch heute nicht angekündigt. Ich will sie beide mit meinem Examen überraschen, und ich bin mir ganz sicher, dass sie sich mit mir freuen. Papa wird stolz auf mich sein, und Carola wird endlich anerkennen, dass ich etwas leisten kann. Mit der Schwesternausbildung konnte ich erst mit achtzehn Jahren anfangen. Darum habe ich nach dem Schulabgang ein Jahr lang im Jugendbildungswerk Nützliches fürs Leben gelernt und anschließend ein Jahr in einem landwirtschaftlichen Haushalt. Die Idee stammte von Carola. Ich habe sie trotzdem angenommen. War gar nicht so schlecht! Jetzt bin ich einundzwanzig, habe praktische Erfahrungen im Haushalt und eine abgeschlossene Berufsausbildung. Ich bin ganz zufrieden und auch ein bisschen stolz – gerade weil ich es entgegen Carolas Erwartungen doch geschafft habe.

Einundzwanzig! Carola war einundzwanzig, als Papa sie nach Mamas Tod zu uns ins Haus holte. Seine sechs Kinder mussten irgendwie versorgt werden, wenn er zur Arbeit ging. Carola war nur sechs Jahre älter als ihr ältester Stiefsohn. Auf was hatte sie sich da eingelassen! Sie wollte die Mutter ihrer drei Neffen und drei Nichten werden, wollte ihre verstorbene Schwester ersetzen. Da war an eigene Wünsche und Lebensplanungen nicht mehr zu denken. Unsere Mutter hatte uns Kinder nacheinander auf mehrere Jahre verteilt bekommen und wuchs allmählich mit ihren Aufgaben, während Carola sechs Kinder auf einmal bekam. Darunter eine widerspenstige Fünfjährige, die ihr gleich den Kampf ansagte und feindselig dabei blieb, bis sie das Haus verließ. Arme Carola! Du musstest so werden, wie du geworden bist. Du musstest hart durchgreifen, um selbst nicht unterzugehen. Warum habe ich das als Kind nicht erkannt? Warum habe ich nicht verstanden, dass du so manches Mal überfordert warst und mit Wut reagiert hast. Wut war mit Sicherheit besser als zu kapitulieren und zu resignieren, denn das hätte weder dir noch uns geholfen.

Der Bus hält jetzt in Gustavshof. Nur noch vier Kilometer bis Altenfelde. In zehn Minuten bin ich also zu Hause.

Ich weiß gar nicht, wann Papa und Carola geheiratet haben. Ich erinnere mich einfach nicht daran. Vielleicht haben sie in aller Stille ohne Familie und ohne viel Aufsehen geheiratet, weil Papa ja noch in Trauer um unsere Mutter war. Kann sein, dass sie nicht lange warten wollten, weil sich schon bald ein gemeinsamer Nachwuchs ankündigte: der kleine Max. Kein Wunder, dass er Carolas Lieblingskind wurde! Bei all den Strapazen, auf die sie sich mit den Kindern ihrer Schwester eingelassen hatte, bekam sie jetzt ein eigenes und später dann noch ein zweites. Max ist ein ganz besonderes Kind, immer fröhlich lachend, immer zufrieden mit allem wie es gerade kommt, wissbegierig und aufmerksam. Er ist nicht nur Carolas Lieblingskind; er ist auch mir das Liebste von meinen Geschwistern.

Wie vertraut mir hier jede Wegbiegung, jeder Knick, jeder Baum und jedes Haus sind - dieser Teil der Straße, den ich als Kind so unendlich viele Male zu Fuß oder mit dem Fahrrad entlanggekommen bin. Rechts die Meierei, links die Obstplantage, dann der Dorfkaufmann und schließlich die Bushaltestelle von Altenfelde. Von dort habe ich nur ein paar Schritte zu unserem Haus. Es ist nach sechs Uhr. Papa wird schon zu Hause sein. Die Haustür steht wie so oft weit auf. Ich trete in den Flur und rufe: „Hallo, ich bin da!" Papa, Carola und Wibke kommen gleichzeitig aus der Küche.

„Wat für en Überraschung, min Deern! Ik heff di all vermisst", begrüßt mich Papa. Er umarmt mich ganz herzlich. Das tut so gut, dass ich Carola und Wibke deshalb einen Moment vergesse. Wie groß Wibke geworden ist! Sie ist so blond wie Max und hat dieselbe ausgeprägte Kinn- und Mundpartie wie Max und Carola. Wir anderen Feddersens sind alle dunkelhaarig und sehen unserem Vater ähnlich: Mit eher zurückweichender Mundpartie und kleiner Nase, mit Grübchen, buschigen Augenbrauen und hohen Wangenknochen. Die Nachbarn sagen, ich sähe Papa am ähnlichsten von allen.

„Nu kumm man rin! Du hest doch sachts Hunger na

de lange Fohrt. Carola, wat hest du denn för eer?"
Ich mag gar nicht an Essen denken. Mein Zeugnis zu
zeigen ist mir wichtiger als alles andere.
„Kiek mol Papa!" Ich halte ihm mein Examenszeugnis
hin. Er strahlt über das ganze Gesicht – fast noch
mehr als zu meiner Begrüßung (wenn das überhaupt
geht). Mit aller Gründlichkeit sieht er sich die beiden
Seiten an.
„Oh miene düchtige Grote! Ik bün bannig stolt op di.
Aver Twiefel heff ik nie hatt. Nu wies dat man Carola!"
Ich gebe es Carola in die Hand. Sie kann nicht umhin,
es anzunehmen, und wirft nur einen kurzen Blick
darauf.
„Ja." Das ist alles, was sie dazu sagt.

1978
Ich habe mir gleich gedacht, dass es sich um etwas
Schlimmes handelte, als Wibke anrief. Sie ruft selten
an. Eigentlich nur, wenn es einen Anlass dazu gibt,
aber nie, um nur mal mit mir zu sprechen. Der Kontakt mit Katja ist ganz anders. Wir telefonieren viel
miteinander und sehen uns mindestens einmal im
Monat – mit und ohne Ehemänner, wie es gerade so
passt. Da sie auch in Hamburg wohnt, sind unsere
Treffen natürlich bequemer zu arrangieren als die mit
meinen anderen Geschwistern. Aber das ist es nicht
allein. Ich glaube, wir beide haben viel Gemeinsames
in den Einstellungen zum Leben und vielleicht auch
im Aussehen. Ich habe zwar das Gefühl, ich dürfte
keinen Unterschied in der Zuneigung zu meinen Geschwistern machen, müsste gerecht sein. Da es aber
kein anderer erfährt, gestehe ich mir selbst meine
engere Beziehung zu Katja und Max ein. Wobei der
Kontakt zu Max nicht ganz so häufig ist. Entweder

wegen der räumlichen Entfernung, aber ein bisschen wohl auch wegen der Schwierigkeiten, die ich mit seiner Frau habe.

Nun aber zu Wibkes Anruf!

„Mama liegt im Sterben. Der Arzt meint, sie habe nur noch ein paar Tage. Es könne ganz schnell zu Ende gehen. Kannst du kommen, Katrin? Bitte! Sie hat nach dir gefragt."

Mir war sofort klar, dass ich hinfahren muss – um Carolas willen, aber auch um meiner selbst wegen. Ich würde mir nie verzeihen, wenn ich nicht versucht hätte, ihren Wunsch zu erfüllen. Aber auch, mich von ihr verabschieden zu können, treibt mich an. Wie Gefühle sich ändern können!

Ich fahre also mal wieder nach Hause, nach Altenfelde, diesmal mit dem eigenen Auto und in Begleitung meines Mannes. Andreas ist es auch ein Bedürfnis, sich von Carola zu verabschieden. Er hat von Beginn unserer Ehe ein gutes Verhältnis zu seiner Schwiegermutter gehabt.

Jetzt geht es mir nicht schnell genug! Ich habe Sorge, Carola nicht mehr lebend anzutreffen.

Von Papa habe ich mich nicht verabschieden können. Weder Carola noch Wibke und Max, die in der Nähe der Eltern wohnten und die Eltern sehr häufig besuchten, ahnten, dass sein Krebs schon so weit fortgeschritten war und derart schnell zum Tode führen würde. So waren wir wohl innerlich darauf vorbereitet, dass er nicht lange leben würde, aber nicht darauf, ihn schon so bald zu verlieren. Vielleicht ganz gut, dass ihm weitere schlimme Schmerzen erspart geblieben sind. Aber ich hätte ihn so gern nochmal gesehen! Den liebsten Menschen, den ich kenne.

Er hat kein schönes Leben mehr im Ruhestand gehabt. Wegen seines starken Rheumas musste er schon vor seinem sechzigsten Geburtstag in Rente gehe. Leider wurde sein Rheuma trotzdem noch schlimmer.

Er hatte sich als Rentner wieder einen Hund angeschafft, einen Collie. Ein hübsches und liebenswertes Tier. Die Aufmerksamkeit, die Papa früher uns Kindern zuteil werden ließ, bekam jetzt sein Hund Anton. Anton war das einzige Wesen, mit dem unser Vater hochdeutsch sprach. Sie machten beide zusammen weite Spaziergänge durch Feld und Flur, solange es das Rheuma noch zuließ. Später schickte Vater Anton alleine los. „Nun geh man los, mein Jung! Du weißt ja, wo es langgeht. Komm nicht zu spät zurück!"

Und nun geht es mit Carola zu Ende. Ich hätte mir als Kind nicht vorstellen können, dass mich das so traurig machen würde. Ebenso wenig hätte ich mir vorstellen können, dass wir beide noch mal gut miteinander auskämen. Wann hat sich unser Verhältnis zueinander eigentlich normalisiert?... Ich glaube, das war, als Stephan geboren wurde. Sie besuchte uns in Hamburg, um ihren ersten Enkel kennen zu lernen. Sie kam mit Blumen und Geschenken und vor allem mit einem strahlenden Gesicht, die junge Großmutter von nur sechsundvierzig Jahren. Ich war ganz verwirrt. Auch als sie mich lieb umarmte, um mir zu meinem Sohn zu gratulieren. Jetzt waren wir beide Mütter. Wahrscheinlich war dies eine entscheidende Veränderung für sie. Auch wenn in Altenfelde ein Kind geboren wurde, war Carola immer bewegt und meist die Erste, die der jungen Mutter mit ihrem Nachwuchs einen Besuch abstattete. Acht Kinder hatte sie großgezogen, das Babyalter aber nur zweimal miterlebt.

Ich bin sehr froh, dass unsere gegenseitige Missgunst

einem besseren Umgang miteinander gewichen ist. Und auch darüber, dass meine Besuche bei ihr nach Vaters Tod nicht weniger geworden waren. Jetzt sitzen Max und ich an ihrem Sterbebett, und sie greift nach meiner Hand – nicht, wie ich erwartet hätte, nach derjenigen von Max. Sie versucht zu sprechen. Aber es geht nicht mehr.

Andreas steht hinter mir. „Sie bittet dich um Vergebung", flüstert er mir zu.

„Ich weiß. Das habe ich doch schon längst."

Ingrid Brandenburger

Claus

„Klaus" (Vorname) aus Wikipedia, der freien Enzyklopädie:

Klaus ist ein männlicher Vorname. Mit größter Wahrscheinlichkeit ist der Vorname Klaus eine Kurzform von Nikolaus und nicht die eingedeutschte Version von Claudius. Nikolaus ist aus den griechischen Wörtern von Sieg und von Volk abgeleitet. Die Popularität des Namens Klaus (Claus) steigerte sich in Deutschland seit Anfang des 20. Jahrhunderts. Vom Anfang der dreißiger Jahre bis zum Anfang der sechziger Jahre gehörte der Name zu den zehn häufigsten Jungennamen und war im Jahr 1944 sogar der häufigste überhaupt. Während der Sechziger begann seine Popularität erst allmählich, ab Anfang der Siebziger dann stark zu sinken.

Soweit Wikipedia.

In meiner Familie war der Name Claus immer populär! Über Jahrhunderte hinweg.

Das Telefon im Esszimmer klingelt hartnäckig. Meine Mutter hört es von der Küche. Sie kann gerade schlecht von ihrem Kohleherd weg, damit das Essen nicht anbrennt. Eilig rennt sie zum Telefon, um den Anrufer schnell zufrieden zu stellen.

„Hier spricht Franke aus Heide", meldet sich ein ihr unbekannter Mann. „Kann ich bitte Herrn Claus Ochsen sprechen?"

„Meinen Sie Claus Ochsen jun. oder Claus Ochsen sen.?"

„Den Junior, bitte."

Mein Vater wird also verlangt. Da meine Mutter nicht

lange dem Herd fernbleiben kann, ruft sie laut durchs Haus nach meinem Bruder:

„Clausi, kommst du bitte mal und suchst Vati. Er müsste auf dem Hof oder in der Scheune sein. Ein Herr Franke möchte ihn am Telefon sprechen."

Clausi, ein lang aufgeschossener Vierzehnjähriger – nicht ein niedliches kleines Kerlchen, wie man sich einen Clausi vorstellt – kommt von der Diele, um via Küchenaußentür zum Hof zu gehen und unseren Vater zu holen.

War das die Zeit, in welcher meinem Bruder sein Kosename anfing, peinlich zu sein? Oder ärgerte er sich erst später darüber? Spätestens als er Freundinnen hatte, wäre er lieber mit Claus angesprochen worden. In der Familie blieb er aber Clausi - fast bis zu seiner Heirat. Ihn mit Clausi anzusprechen, resultierte aus der Tatsache, dass unser Vater und unser Großvater auch Claus hießen. Irgendwie ergab sich der Kosename, um die Personen zu unterscheiden. Es wäre umständlich gewesen, immer von Vater Claus, Großvater Claus und Sohn Claus zu sprechen.

Wie es wohl meinem Vater als Kind ergangen ist? Wurde er auch Clausi oder vielleicht Cläuschen genannt, denn auch sein Vater und sein Großvater hießen Claus, wenn auch mit kleinen Unterschieden. Mein Vater hieß Heinrich-Claus, mein Großvater Claus-Heinrich und mein Urgroßvater Nikolaus. Für alle galt aber der Rufname Claus.

Meine Großmutter Martha - zu der Zeit von der ich erzähle - eine junge Frau von vielleicht dreißig Jahren – steht an Kohlenherd in ihrer großen Bauernküche und bereitet das Mittagessen vor. Ihre drei Kinder Claus, Heinz und Jutta spielen am Esstisch. Claus übt sich im Laubsägen, und die beiden Kleinen ziehen Papierpuppen an.

„So, Claus, es wird Zeit zum Einräumen. Die Männer kommen bald vom Feld. Ich möchte den Tisch schon decken. Du kannst deine Arbeiten auf die Fensterbank legen. Und hilfst du dann bitte den Kleinen, ihre Papierpuppen in die Kiste zu räumen?"

Die Küchenaußentür, die zum Hof, geht auf. Mein Großvater Claus tritt ein, ein schlanker, ausgesprochen gutaussehender Vierziger mit auffallend großen blauen Augen und feinen Gesichtszügen. Wenn nicht seine Arbeitshose und Jacke auf landwirtschaftliche Tätigkeit hinwiesen, könnte man kaum einen Bauern vermuten.

„Ach, Vadder, du bist schon da. Ich brauch noch ein paar Minuten, bis wir essen können."

Das war natürlich auch eine Lösung. Das Kind wird mit richtigem Namen angesprochen, der Vater dagegen wird von seiner Ehefrau Vadder genannt oder Papa oder Vati, ebenso wie seine Kinder ihn ansprechen. Wenn es denn so war! Ich habe versäumt, meinen Vater danach zu fragen.

Wie mag es wohl meinem Großvater als Kind ergangen sein? Wurde er auch mit Clausi angesprochen, denn sein Vater und sein Großvater hießen auch Claus. Und wie wurde mein Urgroßvater als Kind genannt? Niko wäre denkbar. Aber wie nannte man seinen Vater, meinen Ur-Urgroßvater?

Die Reihe lässt sich noch weiter fortsetzen. Mein Bruder ist der siebte Claus Ochsen in ununterbrochener Reihenfolge, seit 1776 unser Vorfahr Claus Ochsen aus Neurathjensdorf Margaretha Sievert in Altgalendorf heiratete und mit ihr ihren Bauernhof bewirtschaftete, auf dem ich später aufgewachsen bin. Alle nachfolgenden Cläuse waren Hufner (in heutiger Sprache: Bauern) auf diesem Hof, bis auf meinen Bruder, der zwar auf dem Hof lebt, die Ländereien aber verpachtet hat.

In meiner Familie galt die Zählung der Claus Ochsen immer erst, seit der Namensträger in Altgalendorf eingeheiratet hatte. Als traditionsbewusstes Familienmitglied habe ich in Erfahrung gebracht, dass bei unseren Neurathjensdorfer Vorfahren jeder zweite Hoferbe Claus hieß, angefangen bei dem Hufner Claus Ochsen, der als Hofbesitzer von 1580- 1620 eingetragen war. Danach ist mein Bruder also nicht Claus der VII, wie mein Vater immer sagte, sondern Claus der X.

In der Neuratjensdorfer Linie wurde der Vorname Claus auch - mit wenigen Ausnahmen – bis 1956 an die Hoferben vergeben. Dann gab es nur noch eine kinderlose Tochter, die als letzte der Familie inzwischen gestorben ist.

Und bei uns? Mein Bruder ist in einem Alter, in welchem er der Senior sein könnte. Da es aber keinen Junior gibt, ist er einfach Claus Ochsen. Als seine Tochter Sandra geboren wurde, wusste er noch nicht, dass unsere älteste bekannte Vorfahrin, ihre Tochter, ihre Enkelin und noch weitere Frauen aus der Familie Sara hießen. Er hätte den Namen, der dem Namen Sandra sehr ähnlich ist, gerne weitergegeben. Meine Nichte Sandra trägt sich mit Heiratsabsichten und hat Kinderwünsche. So hoffe ich, eines Tages einen Großneffen Claus erleben zu können.

Gisela Eichholz

Ein zweites Leben

Edda, eine vitale Endfünfzigerin, musste sich auf die Zehenspitzen stellen, um aus dem geöffneten Velux - Fenster ihres Schlafzimmers in den Garten blicken zu können. Sie war eher kleinwüchsig, doch von korpulenter Statur und mit den Jahren waren ihre Rundungen immer fülliger geworden. Sie reckte und streckte sich, streifte die Ärmel ihres geblümten Nachthemds hoch und stützte sich mit angewinkelten Armen auf dem Fensterbrett ab. So konnte sie sich etwas weiter vorlehnen und auch noch den Magnolienbusch sehen. Seine kräftige Krone trug dicht an dicht weiß-rosa schimmernde Knospen, die kurz vor dem Aufbrechen waren. Noch hingen die Regentropfen der vergangenen Nacht wie dicke Tränen an den verschlossenen, tulpenförmigen Blütenblättern. Eine kühle Morgenbrise wehte durch das Geäst.

Edda atmete tief ein. Sie spürte, wie der angeraute Stoff ihres Nachthemds im Morgenwind flatterte und ihren Körper sanft umspielte. Sie spürte die Frische, die sie wohltuend umschmeichelte, was sie nach dem unruhigen Schlaf der letzten Nacht als belebend empfand.

‚Genau betrachtet', dachte sie, ‚ist aus dem Magnolienbusch in den letzten Jahren ein stattlicher Baum geworden', und ihre Gedanken wanderten um Jahre zurück, bis an den Tag, als Tom und sie ihn gepflanzt hatten. Für sie war es wie ein Versprechen für ein gemeinsames Leben gewesen. Tom, den sie von Jugend an kannte, mit dem sie einen Tanzkursus belegt hatte und dem sie vertraute. Freunde wie Eltern hatten in ihnen ein Paar gesehen, dessen Zukunft und Pläne vorhersagbar waren.

Bis zu dem unerwarteten Anruf von Tom. Ein Telefonat, das sie tief verletzt hatte. Er hatte Julia kennengelernt, und er wollte es Edda lieber selbst sagen, wo sie doch so langjährig befreundet waren. Und er wollte, dass sie sich bald kennenlernen, seine Julia und sie.

Die Begegnung verlief dann eher unterkühlt ab. Tom verhaspelte sich im peinlichen Bemühen, eine Freundschaft zwischen den beiden Frauen anzuknüpfen; Edda und Julia verhielten sich betont höflich, aber distanziert zueinander, nur Tom, frisch verliebt, merkte nichts von alledem.

Mit Tom hatte sie viele Länder bereist. Tom, der später dann mit Julia unterwegs war. Und nach dem dritten Kind hatten Julia und Tom schließlich doch noch geheiratet, wegen der günstigeren Steuerklasse, erklärte er später fadenscheinig. Die Heiratsanzeige hatte Edda gleich zerrissen. Selbst nach den drei Jahrzehnten, die seitdem vergangen waren, sehnte sie sich nach den einfachen, unbekümmerten Urlaubstagen mit ihm zurück. Auch die luxuriösen Kreuzfahrten der letzten Jahre, die Edda sich gönnte, konnten ihr Gefühl der Verlassenheit nicht aufwiegen.

Edda fröstelte bei dieser Erinnerung. Sie lauschte in den Garten. Das laute Zirpen und Zwitschern der Gartenvögel, die sich geschickt getarnt in den Büschen und Bäumen versteckten, reizte Edda an diesem Morgen besonders. Im Stillen beneidete sie die Vögel ein wenig um die Munterkeit ihres Erwachens. Edda schloss das Fenster und ging ins Bad. Immerhin, heute hatte sie einen Tag frei, Überstunden abbauen, der zunehmende Fachkräftemangel führte auch in ihrem Betrieb zu Engpässen. Nach der Trennung von Tom hatte Edda sich mit Biss ihrer Arbeit in der Bekleidungsbranche verschrieben. Nicht ohne Erfolg. In der Sparte ‚Brautmoden und Abendkleider' war sie zu einer respektierten und versierten Führungskraft aufgestiegen. Neuerdings trug sie auch noch die Verantwortung für den Wareneinkauf.

Hin und wieder erlaubte sich Edda auch ein Privatleben. Eine kurze Liaison, mal heftiger, mal romantisch, aber heiraten, daran verschwendete sie keinen Gedanken mehr. Edda wusste gut auf sich aufzupassen. Sie hatte das Häuschen ihrer Eltern übernommen, den alten Garten liebte sie besonders, und überhaupt, ihren redlich errungenen Lebensstandard wollte sie um keinen Preis aufgeben.

Nach dem Frühstück nutzte Edda den Tag, um im Wohnzimmer aufzuräumen. In ihrem Bücherregal, einem reichlich aus der Zeit gefallenen Möbelstück aus Kiefernholz, hortete sie vor den Bücherrücken und neben den Bücherstützen persönliche Erinnerungsstücke. ‚Nutzloser Kleinkram', dachte Edda, als sie die filigran verzierten Holz- und Lederdöschen, handgeformten Tonfiguren und die gerahmten Fotos einzeln anhob, abstaubte und behutsam wieder in das Regal zurückstellte. Ein jedes an seinen Platz. Ein Sammelsurium von Mitbringseln und Geschenken aus einer anderen Zeit, still bewahrte Zeugnisse von dort und damals.

Nachmittags fuhr Edda einkaufen. Auf dem Parkplatz vor dem Einkaufszentrum, Edda verstaute gerade die Lebensmitteltüten in ihr Sportcoupé, als ihr plötzlich Julia gegenüberstand. Julia, deren Attraktivität auch über die Zeit nichts an Strahlkraft verloren hatte, schob stolz einen Kinderwagen für Zwillinge vor sich her.

„Hallo", sagte Julia erfreut, „was für eine Überraschung nach so langer Zeit! Wie geht es dir? Philipp und Marlin, meine Enkelkinder". Sie neigte sich behutsam über den Kinderwagen und zeigte zärtlich lächelnd auf die Kleinen.

Edda wich, kaum merklich, einen halben Schritt zurück. Sie spürte, wie der alte Zorn wieder in ihr aufkam. 'Die Brut des eigenen Nachwuchses auch noch durch die Gegend karren', dachte sie. 'Nur gut, dass mir das erspart bleibt.' Und sie grüßte wortlos mit einem kurzen Kopfnicken, krampfhaft lächelnd, zurück. Ohne zu zögern stieg Edda in ihr Auto ein und gab Gas. Die Begegnung hatte sie stärker aufgewühlt als sie wahrhaben wollte.

Zuhause stürzte sich Edda gleich in die Arbeit. Obwohl sie einen freien Tag hatte, nahm sie sich die Unterlagen mit den Entwürfen für die nächste Herbstkollektion vor. Sie prüfte und kalkulierte Qualität und Preise, verwarf Modelle, fügte Neues hinzu und machte sich Randnotizen. Als sie die Mappen schon zuklappen wollte, fiel ihr Blick auf Entwürfe, die sich im Zuschnitt und Stil deutlich von den Skizzen der übrigen Modelle abhoben. ‚Verspielt und dennoch elegant'. Eine innovative Linienführung, die bestechend feminin wirkte. Edda war beeindruckt. ‚Tragbares nicht nur für den Abend, sondern auch für den Business Dresscode im Beruf', dachte sie. Je länger Edda die Kollektion betrachtete, desto faszinierter war sie von den Entwürfen der unbekannten Designerin. Antonia Rosenfeld, der Name sagte ihr nichts.

An diesem Abend ahnte Edda noch nicht, dass ihr die Unbekannte schon bald vorgestellt werden würde. Eine neue Hospitantin in der Firma, schnell kamen die beiden Frauen ins Gespräch, und da Edda das Talent der jungen Frau erkannte, bot sie ihr auf der Stelle einen Jahresvertrag an. Es folgten ertragreiche Monate einer gedeihlichen Zusammenarbeit.

Die gemeinsame Energie und Kreativität beflügelten wie ein Sog auch die Schaffenskraft der weiteren Belegschaft. Bis zu dem Tag, an dem Antonia Rosenfeld nicht mehr zur Arbeit kam und auch keine Nachricht hinterließ.

Ein Verhalten, das nicht zu ihr passte, so gewissenhaft und zuverlässig wie sie sich eingebracht hatte. Edda ordnete an, ihr die Personalakte von Antonia Rosenfeld vorzulegen, um die Telefonnummer herauszufinden. Sie rief bei ihr an und versuchte es per Mail. Funkstille. Keine Reaktion. Die Nachfragen bewirkten bei ihr eher Unruhe, keine Klärung. Dann legte ihr ein Kollege den Zeitungsartikel auf den Schreibtisch. Edda las die Schlagzeile: „Ein tragischer Unfall auf der Landstraße Richtung Bordesholm raubt zwei Kleinkindern die Eltern". Und aus den Traueranzeigen auf der nächsten Seite erfuhr sie die Namen der Hinterbliebenen: Philipp und Marlin Rosenfeld, und die ihrer Großeltern, Tom und Julia. Antonia war ihre Tochter.

Edda stieß einen Schrei aus. Der Nachhall ihrer Stimme lag bleiern im Raum. Danach verstummte sie. Schlagartig war ihr klar: Ein zweites Leben gibt es nicht!

Ihr wurde schwindelig. Sie wollte nur noch nach Hause, in ihren Garten, mit nackten Füßen über den Rasen laufen!

Wieder zuhause griff sie in einem Anflug von Wut und Schmerz in ihr Bücherregal und fegte mit einem einzigen Handstreich die Andenken und Döschen zu Boden. Sie hörte wie das Glas eines Bilderrahmens krachend zersplitterte. Zutiefst verstört über die Heftigkeit ihres Ausbruchs starrte sie auf die Scherben vor ihren Füßen.

Edda spürte, wie der seit langem angestaute Druck von ihr wich und sie fühlte sich jetzt deutlich besser. Sie zog Schuhe und Strümpfe aus und lief barfuß in den Garten. Eine aufgeplusterte Amsel, die auf dem Rasen Spatzen verjagte, flatterte erschreckt auf und flüchtete unter die Hecke. Edda brach einen großen Magnolienzweig ab und fuhr damit an die Unfallstelle. Dort legte sie den Zweig an den Straßenrand.

Später übernahm Edda die Patenschaft für Philipp und Marlin. Sie entlastete die Großeltern, soweit sie konnte. Beruflich sattelte Edda noch einmal um. Sie widmete sich ausschließlich der Fertigung von Kinderbekleidung, die unter fairen Produktionsbedingungen hergestellt wurde.

Gisela Eichholz

Oma und Opa Ostzone

BGB § 1589 Verwandtschaft:

Personen, deren eine von der anderen abstammt, sind in gerader Linie verwandt. Personen, die nicht in gerader Linie verwandt sind, aber von derselben dritten Person abstammen, sind in der Seitenlinie verwandt. Der Grad der Verwandtschaft bestimmt sich nach der Zahl der sie vermittelnden Geburten.

Eine Familie besteht aus Verwandtschaft und darin liegt auch schon die Krux. In geordneten Familien verhält es sich so, wie es im Bürgerlichen Gesetzbuch beschrieben wird: „Personen, deren eine von der anderen abstammt, sind in gerader Linie verwandt..." Ein schlichtes Beispiel dafür sind Oma und Opa. Ihre Liebe zueinander. Ohne sie würde es keine Eltern und damit auch dich und mich nicht geben. Näheres dazu male ich mir lieber nicht aus, nein wirklich, das geziemt sich nicht, soviel Anstand muss sein. Doch so gradlinig geht es nicht überall zu. In meiner Familie jedenfalls nicht. Da hat offensichtlich niemand das Bürgerliche Gesetzbuch gelesen. Der Stammbaum meiner Familie weist Generationssprünge, Ableger und Verästelungen auf, die eher die Sturm- und Drangtage meiner Vorfahren erahnen lassen, als dass sie von geordneten Verhältnissen zeugen.
So gab es in meiner Familie einen feinen, aber entscheidenden Unterschied im Sprachgebrauch, wenn von den Großeltern die Rede war. Die Mutter meiner Mutter, deren Mann längst verstorben war, durfte nur mit ‚Großmutti' angeredet werden, während die El-

tern meines Vaters schlichtweg als ‚Oma und Opa Ostzone' bezeichnet wurden. Klar doch, Political Correctness war das nicht, aber es beschrieb exakt den Aktionsradius meiner Kindheit. Während die sogenannte Großmutti in Hamburg lebte und in den Ferien besucht wurde, wohnten Oma und Opa Ostzone in einem Dorf bei Wismar - ein Ort auf der Landkarte, der damals politisch und geographisch unerreichbar war. Und der damit eine Sehnsucht entfachte, die in der Kindheit nicht gestillt werden konnte. Zeitgeschichte, verwoben im Spiegel meiner Erinnerungen, erhält so eine neue persönliche Sichtweise auf das beschwerliche Leben von Oma und Opa Ostzone.

Auf leicht vergilbten Schwarzweißfotografien, mit gezacktem Rand im klassischen sechs mal sechs Bildformat, präsentiert sich ein bäuerliches Paar. Die Spuren eines arbeitsreichen Lebens werden sichtbar. Opa wirkt sehnig und ausgezehrt. Die aufrechte Sitzhaltung von Opa Ostzone lässt den Stolz des ehemaligen Hengstkutschers erahnen, so wie er einst auf dem Kutschbock des Gespannes eines ostpreußischen Gutshofes saß. Daneben meine Oma Ostzone, mit beiden Beinen fest auf dem Boden stehend, stämmig, im Leben verankert. Mit streng zurückgebundenem Haarknoten richtet sie ihren Blick ernst und direkt in die Kamera. Sie trägt eine Küchenschürze über ihrem dunklen Wollkleid, das sicher noch lange Zeit geschont werden musste.

Eine weitere Aufnahme zeigt sie beim Abschied von Opas ‚Braunem', ihrem Arbeitspferd. Unfreiwillig. Auf staatliche Anordnung hin wurden sie zwangsenteignet. Der kräftige ‚Braune', der mit der großen weißen Blesse, den Opa bei der Flucht aus Ostpreußen mitgebracht hatte, wurde gegen ihren Willen vom Hof geführt und einer Landwirtschaftlichen Produktionsgenossenschaft zugeteilt. In ihrem Brief zu diesem Bild schrieb Oma, dass es Opa fast das Herz gebrochen hätte.

Die Geschichte von Mensch und Pferd, eine Verbundenheit über Jahrhunderte. Ja, einfühlsam konnte sie sein, meine Oma Ostzone, voller Mitgefühl. Die Erzählungen meines Vaters klingen hier nach. Berichte aus seiner Kindheit, über das Leben und Aufwachsen mit Pferden, die Arbeit im Stall und auf dem Feld und vom Duft des Heues.

Wie mag sie erst gelitten haben, als der Opa und sie Anfang der sechziger Jahre nicht zur Beerdigung meines Vaters in den Westen fahren durften. Die DDR Behörden hatten ihnen keine Ausreisegenehmigung erteilt. Warum? Die Hintergründe habe ich erst später erfahren.

Nach dem Verwandtschaftsgrad war Oma die Tante und Opa war der Onkel meines Vaters. Als Kleinkind hatten sie ihn nach dem Tod seiner Eltern mit aufs Gut geholt und liebevoll wie ihr eigenes Kind großgezogen. Eine Familiensituation, die nie juristisch legitimiert wurde. Und darin lag die Krux. Keine Ausreise zur Beisetzung ihres Sohnes.

Der Verwandtschaftsgrad stimmte einfach nicht, jedenfalls nicht für die staatlichen Entscheidungsträger der DDR. Die emotionalen Bindungen hatten kein Gewicht. Doch für mich schon!

Ich hatte die liebste Oma und Opa Ostzone aller Zeiten. Und ich liebe Pferde. Den Stallgeruch. Bei meinen Ausritten mit Cardoso, einem braunen Holsteiner, wenn ich das Laub des Lärchenwaldes von Schönhorst unter seinen Hufen rascheln höre und das erdige Aroma des Waldbodens meiner Nase schmeichelt, dann weiß ich es genau: Ohne Zweifel, ich bin dem sogenannten ‚Pferde-Virus' hoffnungslos verfallen. Kein Wunder, den habe ich in direkter Linie von Oma und Opa Ostzone geerbt.

Regina Gay

Das Kleinod

Immer öfter kam der sehnlichste Wunsch der Mutter zur Sprache. Zuerst äußerte sie ihn ganz vage, wie eine unvorstellbare Idee, aber mit der Zeit wuchs er sich zu einem konkreten Vorhaben aus. Zu gerne wollte sie, nun als alte Dame, mit ihren Kindern ihre Heimatstadt Riga besuchen, um ihnen den Ort ihrer Kindheit zu zeigen. Auch hoffte sie, mit dieser Reise ihr lebenslanges Heimweh zu stillen.

Nach langer Besatzungszeit waren die Baltischen Republiken selbstständig geworden, und das Reisen dorthin war ebenso unkompliziert, als reise man in irgendein anderes europäisches Land. Die Menschen im Baltikum hatten nichts eiliger, als sich von der russischen Knute zu befreien.

Um diese Zeit nun sollte der Wunsch der Mutter in die Tat umgesetzt werden. Nachdem ihre Brüder abgesagt hatten, beschloss Anna gemeinsam mit der Mutter nach Riga zu reisen. Die Vorstellung, die Mutter womöglich vor ihrem Lebensende nicht in ihre Geburtsstadt begleitet zu haben, war für Anna undenkbar. Als die Entscheidung gefallen war, belegte die Mutter Abendkurse in Lettisch. Diese Sprache hatte sie zuletzt in ihrer Kindheit gesprochen, nun sollte sie aufgefrischt werden.

Jetzt im Juni wollten sie reisen. Die Mutter war freudig erregt, wie ein junges Mädchen, als es an die

Reisevorbereitungen ging. Nach Riga! Unglaublich! Ein Spezialist für Baltische Reisen buchte das Hotel in der Stadt und den Flug über Kopenhagen. Dann starteten Mutter und Tochter in der Zeit der weißen Nächte, die dort die schönste ist.

Sie fliegen über Kopenhagen, sehen dann die südschwedische Küste, Öland und Gotland. Weiter geht es auf Schäfchenwolken über Lettland, bis sie bei der Landung auf der Waschbrettpiste des Rigaer Flughafens kräftig durchgerüttelt werden.

In Riga: Unglaublich!

Zunächst fehlt ihr Gepäck. Anna sah ihre Mutter selten so aufgeregt. Die Zusage, dass am Abend alles in das Hotel gebracht würde, beruhigt sie. Dann machen sie den Fehler der meisten Touristen, dem Taxifahrer den Zuschlag zu geben, der als erster auf sie zugeschossen kommt. Das Taxi ist alt und von außen mit Holzleisten repariert. Auch ist die rechte Hintertür nicht mehr funktionsfähig. Egal. Später bemerken sie, dass die Fahrt viel zu teuer war, aber was macht das schon bei dieser besonderen Reise. Sie nehmen es als Lehrgeld.

Angekommen im Hotel Latvia mit seinen sechsundzwanzig Stockwerken weist man ihnen ihre Zimmer in der zwanzigsten Etage zu. Von hier aus haben sie einen so wunderbaren Rundblick auf die Stadt, dass die Mutter sofort mit den Erklärungen der markantesten Gebäude beginnt. Sogar die legendären Markthallen entdecken sie am Horizont.

Dann machen sie die Bekanntschaft mit der Etagenfrau. Die Mutter kennt die Aufgaben dieser Damen noch aus der Zeit vor dem Krieg. Die Etagenfrau ist für alles, was auf ihrem Flur geschieht, verantwortlich. Man grüßt freundlich in ihr kleines Kabuff hinein, wenn man dort vorbeigeht. Sie hilft aus mit Nähzeug oder einem Pflaster und immer auch sehr bereitwillig mit einer Auskunft. Diese Frau ist, wie so vieles im Riga der neunziger Jahre, ein heimatlicher Gruß für die Mutter.

An Manches erinnert sie sich. Vieles kommt ihr bekannt vor, was sie nun, mit all den Geschichten ihrer Jugend versehen, der Tochter zeigt. Gelegentlich hat die Mutter Zweifel, ob sie auch eine gut informierte Reiseführerin sei, aber hier geht es nicht so sehr darum, wirklich Riga kennen zu lernen, sondern den Kindheits- und Jugendorten der Mutter nachzuspüren. Und, wie sollte es auch anders sein, jede Ecke dieser Stadt bringt Erinnerungen zutage.

Ihr erster Spaziergang führt sie vorbei an der Freiheitsstatue, dem Pulverturm und der Petrikirche an die Düna. Anna kennt diese Gebäude von den Stichen in ihrem Elternhaus. Am Dom ruft eine Frau: „Deutsche, willkommen in Riga." Aus diesem Gruß ergibt sich ein Gespräch. Sie erfahren von den Russen in Riga. Diese ehemaligen Besatzer sind unerwünscht. Am liebsten hätten die Letten jetzt mit einem Schlag alle Russen aus der Stadt. Aber wie soll das gehen, wenn zurzeit die Hälfte der Einwohner Russen sind?

Sie legen eine Pause auf dem Domplatz ein, genießen ein Eis. Hier im Zentrum sitzen junge Leute bei dänischem Bier und vergnügen sich in der Sonne. Anna kneift ihre Mutter in den Arm. Wir sind wirklich in Riga!

Mit der Straßenbahn fahren sie an das andere Dünaufer. Plötzlich hält die Bahn, die Fahrerin im buntgeblümten Sommerkleid zieht riesige Handschuhe an und steigt aus, um mit Hilfe einer großen Eisenstange die Weichen zu stellen. Die beiden Frauen sind auf dem Weg zum Elternhaus der Mutter. Es ist später Nachmittag. Der Weg führt sie über einen

Friedhof, auf dem kaum ein Grab von liebevoller Pflege der Nachkommen Zeugnis ablegt. Auf den Grabsteinen fast nur deutsche Namen.

In milder Abendsonne gehen sie zum Elternhaus der Mutter, das nun durch ihre Erzählungen eine besondere Gestalt annimmt. Fotos kennt Anna von diesem Haus. Fotos und viele Geschichten. Sie brauchen nicht hineinzugehen, ihnen genügt es einfach, nur hier zu sein mit ihren Gedanken und der zarten Musik zu lauschen, die aus dem Nachbarhaus, wie ein freundlicher Gruß, herüberweht. Auf dem Rückweg sitzen sie lange an einem Teich voller gelber Seerosen. Anna hat nun neue Bilder für alles Erzählte von Kindheit an.

Zum Abendessen im Hotel Riga unterhalten sie sich mit der Serviererin. Es geht dreisprachig zu: Lettisch, Englisch und Deutsch. Die Mutter erzählt, sie sei nach Deutschland gegangen, um zu heiraten. Von der jungen Frau hören sie, dass sie eine deutsche Großmutter gehabt habe, die nach Sibirien verschleppt worden sei. Vieles war und ist schwer in diesem Land, das immer wieder unfrei war. Mal gehörte es zu Deutschland und mal zu Russland, nur kurze Zeit war es unabhängig. Die Freude über die neue Freiheit kann man mit den Händen greifen, auch, wenn sie vor allem die alten Menschen sehr schwer trifft.

Alte Männer stehen auf kleinen Plätzen in der Stadt und musizieren, um ihre Rente aufzubessern. Alte Frauen verkaufen Eis unter Regenschirmen, um sich vor der Sonne zu schützen. Mit Topflappen holen sie das Gewünschte aus den Tiefen einer Eistonne. Die Freundlichkeit ist wohltuend. Mutter und Tochter nehmen das freudig wahr auf den Streifzügen durch die Stadt. Immer wieder werden sie von einer Gruppe kleiner, bettelnder Kinder umringt. Ein zehnjähriger

Junge in einem grauen Anzug mit kahlgeschorenem Kopf macht den Eindruck, als sei er ihr Anführer. Anna erkennt sie immer wieder, diese herumsausenden Kinder, und entscheidet sich, ihnen Schmandbonbons statt Geld zu geben, was ein scheues Lächeln auf ihre Gesichter zaubert.

Am nächsten Tag wollen sie nach Assern fahren. Die Mutter erinnert nur die deutschen Namen, heute heißt es Asari. Auch der große Fluss heißt heute nicht Düna, sondern Daugava. Das wollen sie akzeptieren. Dies ist jetzt ein freies Lettland.

Am Bahnhof müssen sie sehr lange warten. Irgendwann ist der Zug da, und all die Menschen, die so geduldig auf dem Bahnsteig ausgeharrt hatten, drängen hinein, wie die Schulkinder nach Schulschluss. Mit lautem Tuten setzt sich der Zug in Bewegung. Auf der Holzbank wird Anna an die Züge ihrer Kindheit erinnert. Niemand scheint zum bloßen Vergnügen mit diesem Zug zu fahren. Jeder hat kleine Körbe mit Gemüse oder Beeren auf dem Schoß. Alle sind mit Lebensmitteln bepackt. Es herrscht stoische Ruhe. Die Menschen, vorwiegend Alte, wirken sehr erschöpft. Es gibt keine Gespräche. Anna studiert in aller Ruhe die Gesichter der Mitreisenden. Das einzige Geräusch kommt von dem Zug, der mit bellendem Geknatter über die Kurländische Aa und weiter in die Kiefernwälder an den Strand von Jurmala fährt. In Asari steigen Anna und die Mutter aus und schlendern auf den von Kiefern gerahmten Kieswegen, an denen verstreut, einfache Holzhäuschen stehen. Hier duftet alles nach Sommerfrische. Die Mutter strebt an den Strand. Dies ist der Inbegriff des Meeres überhaupt für sie. So schön kann es nirgend anders sein. Natürlich springen sie sofort in die Fluten, und die Mutter ruft, Anna hatte schon darauf gewartet, ganz laut:

„Herrlich!" Immer wenn sie in irgendeinen See sprang, diese wasserbegeisterte Mutter, dann stieß sie diesen Ruf aus und hatte dabei, egal was für ein Wasser es war, immer nur den Rigaischen Strand im Kopf.

Nach dem Bad gehen sie auf Entdeckungstour. Die Mutter hofft, ihr Sommerhaus zu finden. Es war nie wirklich ihr Sommerhaus, sie mieteten es Sommer für Sommer in den großen Ferien. In den Nachbarhäusern lebten in diesen Sommern etliche Verwandte und Freunde mit ihren Kindern. Hier verbrachten die Mütter mit den Kindern die Sommermonate. Die Väter kamen zum Wochenende mit dem Zug aus der Stadt. Wo lebten die Letten in dieser Zeit? Diese Frage von Anna bleibt unbeantwortet, obwohl die Mutter erinnert, dass die lettischen Familien weiter ihre blühenden Gärten versorgten, in die die Sommerhäuschen eingebettet waren.

Zurück in der Stadt fällt ihnen auf, dass alle wartenden Menschen lesen. Sie stehen und lesen am Straßenrand, sie lesen an der Bushaltestelle, überall. Auch, dass sehr viele Frauen einen Blumenstrauß in der Hand haben, gibt ein ungewohntes, aber schönes Bild. Sie bewegen sich elegant, diese Frauen, und Anna fragt sich, ob sie die Blumen mit an ihren Arbeitsplatz nehmen oder ob so viele Damen abends eingeladen sind. Meist sind es einfache, zauberhafte Garten- oder Wiesenblumensträuße.

Als sie am nächsten Tag auf den Turm der Petrikirche steigen wollen, steht ein Mann an dem Aufzug, den Anna später nur den Flirter des Petrikirchturms nennen wird. Ganz eifrig erklärt er Mutter und Tochter die markanten Gebäude der Stadt, die von hier oben zu sehen sind. Immer, wenn er seinen Aufzug bedienen muss, verabschiedet er sich auf so reizende

Weise, als sei es endgültig. Er spricht Deutsch mit dem Akzent der Balten, den Anna so liebt. Im Laufe der Jahre hatte die Sprache der Mutter viel von dieser Musik verloren. Anna bedauert das sehr. Dieser Mann spricht von Güstrow und Schwerin, Städte, die er mit seiner ‚Division Kurland' kennen lernte. In dieser Division war auch Annas Patenonkel gewesen. Immer wieder sind es Grüße kreuz und quer.

Irgendwann drängt die Mutter zu den Markthallen. Anna hatte schon so viel von diesen alten Zeppelinhallen gehört, in denen seit langem Markt abgehalten wird. Die Mutter erzählte, dass früher alle Gäste, die aus dem Reich kamen, unbedingt in die Markthallen wollten. Hier ist alles nach Waren sortiert. Gebäck und Süßes, Gemüse und Früchte aller Art, Milch, Käse und Butter. Die Mutter möchte so gerne Johanniskäse kaufen, diese Spezialität, aber die Geduld zum Warten fehlt ihr. In den Fischhallen türmen sich Berge unvorstellbarer Fische auf Eis. Der strenge Geruch zwickt Anna in der Nase. Hörte sie je die Namen all dieser Fische? In der Fleischhalle ist es sehr besonders. So etwas sieht man bei uns nicht mehr. Hier hängen Schweinehälften, dort ist ein Schweinekopf kunstvoll drapiert und von der Decke hängen Ochsenschwänze.

Auch vor den Hallen wird gehandelt. Von dem Marktgeschehen wollen alle profitieren. So sitzen hier draußen die Menschen dicht an dicht, um irgendetwas zu verkaufen. Jeder, der etwas anzubieten hat, ist hierher gekommen in der Hoffnung, sein karges Einkommen ein wenig aufzubessern. Einer preist eine ausgefallene Plastiktüte an, daneben wird ein glitzerndes Kleidungsstück, und weiter ein Strauß Margeriten den Passanten entgegengehalten. Bei den Männern kann man Ersatzteile jeder Art kaufen und

Werkzeuge wie auch technisches Gerät in allen Variationen. In der brüllenden Hitze warten winzige Katzen und Hunde auf dem Schoß ihres Herrchens auf eine tiergerechte Zukunft. Auch Minischildkröten für viel Geld werden angeboten. Wer kann die nur wollen, wenn es so knapp ist im täglichen Leben? Sie gehen, satt von all diesen Eindrücken, zurück in das Hotel.

Am Tag darauf machen sie mit einem Fahrer einen Ausflug in die Umgebung von Riga. An diesem Auto geht die linke Hintertür nicht mehr. Was macht das? Sie fahren in einen Park, dessen Skulpturen die lettische Geschichte darstellen. Zwischen den Objekten sind Pferde angepflockt. In der Livländischen Schweiz besuchen sie die Burg Treiden, von deren Turm aus sie den Blick in das sattgrüne, bewaldete Tal der Gauja genießen. In ein großes, scheinbar verwaistes, Ausflugslokal kehren sie ein. Außer ihnen ist nur eine müde Serviererin zu sehen. Selbstbedienung, auch hier. Auf ein Tablett stellen sie ein Getränk und füllen sich einen Teller mit Soljanka. Für die Mutter ist das eine ‚Symphonie von Unbeschreiblichem‘. Als sie bezahlen wollen, treffen sie an der Kasse auf ein kleines Gestell mit bunten Holzperlen. An solchem erlernten sie einst das Rechnen.

Auf dem Rückweg sausen sie auf einer Schotterstraße durch den Nationalpark. Wie zum Abschied weht eine lange Staubfahne hinter ihnen her. An den Seiten blühen Mädesüß und Wildblumen, soweit das Auge reicht. Diese wunderbare, naturbelassene Landschaft prägt sich ihnen unvergesslich ein. Drei Männer bringen sie mit einem Prahm an das andere Ufer der Gauja. Auch mit ihnen wieder eine Begegnung voller Herzlichkeit.

An ihrem letzten Abend in Riga besuchen sie ein Orgelkonzert im Dom. Ein würdiger Abschied nach der intensiven Zeit, in der Kirche, in der einst die Großeltern getraut worden waren.

Nach einer Woche kehren Anna und ihre Mutter zurück. Kopf und Sinne sind bis an den Rand mit Erinnerungen und neuen Bildern gefüllt, für sie beide ein Kleinod. Diese gemeinsame Reise wird für die Jahre, die sie noch miteinander haben, ein verbindendes Element sein.

Jahre später, als Annas Mutter längst von ihrem Mann Abschied nehmen musste, schlich sich, zunächst kaum wahrnehmbar, die Demenz ein. Viele der täglichen Verrichtungen bildeten eine ganze Zeit noch das Gerüst, an dem die alte Dame sich mit ihrem festen Willen festzuhalten bemühte. Die Versuche der Kinder, liebevoll auf sie einzuwirken, um die Mutter zu einem Umzug zu bewegen, misslangen. Täglich besuchte einer von ihnen die Mutter, machte Besorgungen für sie, erledigte Alltägliches, oder spazierte gemütlich erzählend mit ihr im Garten herum. Obwohl ein Pflegedienst täglich half, hielt sich dieser Zustand nur eine kurze Zeit. Die Kinder spürten, dass nur eine Notlösung etwas ändern könnte. So kam es dann auch.

In der Zeit, als die Demenz immer mehr das Jetzt verdrängte, erinnerte sich Anna des rigaischen Kleinods. Sie machte bei ihren Besuchen im Pflegeheim kleine Themenprojekte aus der gemeinsamen Reise. Mal nahm sie Fotos mit, ließ sich von der Mutter die baltischen Bräuche erzählen und immer wieder gingen sie gemeinsam in Gedanken die Wege und Begegnungen in Riga durch. Das waren oft heitere Stunden. Auf diese Weise konnte Anna die Mutter immer wieder für eine kleine Weile aus ihrem mühsamen, isolierten Alltag entführen.

Unvorstellbar ist es heute für Anna, hätte sie diese

Reise nicht mit der Mutter gemeinsam in deren Heimatstadt unternommen.

Eine Handvoll Sand vom Rigaischen Strand verstreute sie als letzten, liebevollen Gruß auf das Grab ihrer Mutter.

Regina Gay

Der kleine Junge

Immer wieder hatte es den kleinen Jungen aus seiner gewohnten Umgebung gerissen. Zu oft hatten seine Eltern aus beruflichen Gründen mit ihm und seinem älteren Bruder den Wohnort gewechselt. Es hatte sie von Hamburg nach Kanada gezogen und als sie dort, in dem neuen Land, gerade heimisch geworden waren, ging es in das Rheinland.

In Kanada hatte sich der kleine Junge einen Teddy gewünscht, den er nach seiner Vorstellung kleidete. Es war rührend anzusehen, wie er verzückt in dem Laden stand, der voller Accessoires für diese Teddys war. ‚Gestalte deinen Bären', so hießen diese Läden und es gab dort alles, was ein Kinderherz sich wünschen konnte. Hatte man seinen Teddy zu einem Mädchen oder einem Jungen bestimmt, dann konnte man ihm Kleidung oder auch die Ausrüstung für jedes erdenkliche Hobby aussuchen. Man hätte auch einen Snob aus seinem Kuscheltier machen können. Schier grenzenlos waren die Möglichkeiten. Dieser Bär war Kuscheltier und Persönlichkeit zugleich. Er füllte eine Lücke, war unersetzlich und wurde sehr geliebt.

Zurück aus Kanada konnte der kleine Junge sehr gut Deutsch sprechen, aber es zu schreiben hatte er verlernt. Auch fand sein kanadisches Englisch keinen Anklang bei seinem Englischlehrer. Das Einleben war sehr schwer. Eine Hürde nach der anderen galt es zu nehmen.

Mit seinem Bruder gemeinsam spielte er in Kanada, wie dann auch in Deutschland, begeistert Eishockey. Sie brannten beide für diesen Sport.

Als sie in der Schule wieder richtig Tritt gefasst hatten,

alle Lücken aufgeholt waren, sollte es für die Familie zurück nach Kanada gehen, in die Stadt, aus der sie gekommen waren.

Das war besonders für den kleinen Jungen ein herber Entschluss. Inzwischen fühlte er sich in Deutschland wieder ganz Zuhause, hatte Freunde und das Leben auf dem Hof, dass sich wie in ,Bullerbü' anfühlte, war schön.

Er äußerte den Wunsch, mit seinem Vater vorher nach Kanada zu fliegen, um alles wiederzusehen, an das er sich kaum noch erinnerte. Bei diesem Besuch kaufte der Vater ein Haus an einem See und fortan sagte der kleine Junge, der immer schon gut für das Pathetische war:

„Ich habe mit Papa das Haus gekauft!"

Der Umzug nach Kanada fiel in die Zeit, in der das neue Schuljahr begann. Der kleine Junge konnte ebenso wie sein Bruder wieder in seine alte Klasse gehen und die Kinder, die er noch vom ersten Aufenthalt in Kanada kannte, bildeten einen warmen Mantel um ihn. Und dennoch zählten Mutter und Sohn, wenn sie allein auf dem Weg zu einem Hockeyturnier im Auto saßen, alles auf, was sie am meisten vermissten. Sie beide hatten es besonders schwer mit dem Einleben.

Eines Tages, als sie ein halbes Jahr in Kanada lebten, sagte der kleine Junge morgens, er wolle, wenn er nach der Schule nach Hause käme, seine Eltern in aller Ruhe alleine sprechen. Die Mutter grübelte den ganzen Vormittag, was das für eine wichtige Eröffnung sein würde. Seit sie wieder in Kanada waren, machte sie sich Sorgen, ob der jüngere Sohn sich je wieder einleben würde.

Als der kleine Junge aus der Schule kam, vergewisserte er sich, dass beide Eltern zu Hause waren und erinnerte sie an seinen Termin mit ihnen. Zuerst wollte er die Schultasche in sein Zimmer bringen. Die Anspannung der Eltern nahm zu, als er auch seinen Bruder nicht bei dem Gespräch dabeihaben wollte. Das hatten sie noch nie erlebt.

Er kam herein, setzte sich seinen Eltern feierlich gegenüber und eröffnete ihnen: „Ich wollte euch nur sagen, ihr braucht euch keine Sorgen mehr zu machen. Es ist jetzt alles okay mit dem Umzug nach Kanada."

Diese Nachricht hatte seiner Meinung nach einen würdigen Rahmen gebraucht.

Regina Gay

Die Begegnung

Wie ein Blitz traf es Anna.
Während ihres Trainings hob sie gedankenverloren den Kopf und sah in den Flur, in dem die Wartenden saßen. Da vorne saß ihre Mutter.
Die alte Dame las.
Warum trug sie so oft einen lindgrünen Pullover und dazu einen beigen Rock? Ja, grün in allen Schattierungen war, so erinnerte sich Anna, schon immer die Lieblingsfarbe gewesen. Wenn sie mit ihrer Mutter einkaufen gegangen war, hatten die grünen Kleidungsstücke eine besondere Anziehungskraft gehabt. Und jetzt: wieder Grün mit Beige. Warum nur? Anna empfand das als keine glückliche Kombination, aber längst hatte sie sich daran gewöhnt.
Die grauen Haare der alten Dame bedeckten ihren Hals. Immer hatte Annas Mutter ihre Haare hochgesteckt getragen. Doch nun, im Alter, war das zu mühsam geworden.
Wieder suchte Annas Blick die alte Dame. Das Gesicht konnte sie nicht sehen, aber alles, was ihre Augen aufnahmen, kam ihr unglaublich vertraut vor.
Während sie weiter ihre Übungen machte, kreisten die Gedanken nur um die Mutter.
Weiße Haare waren der Traum der Mutter gewesen, aber selbst mit neunzig Jahren hatte sie das nicht erreicht.
Wie sie da leicht vorgebeugt lesend auf ihren Termin wartete.
Anna glaubte, gleich würde sie sich umwenden, würde Anna entdecken und sie mit ihrer warmen,

dunklen Stimme bei ihrem vertrauten Kosenamen rufen. Sich hier wieder zu sehen, wäre auch für die Mutter eine große Überraschung gewesen.

Anna dachte an die Zeit, als ihre Mutter von großer Tatkraft und dem Streben nach Perfektion getrieben, kaum Muße hatte. Nur abends konnte man sie ganz versunken an ihrem Schreibtisch sehen, wenn sie mit langen Briefen in ihrer flüssigen großen Schrift den Kontakt zur entfernten Familie aufrecht erhielt. An dieses Bild dachte Anna gerne.

Die Nähe zur Mutter hatte sie oft vermisst.

Nach dem Tod des Vaters konnten die beiden Frauen eine neue, innige Beziehung aufbauen. Anna freute sich über diese Nähe. Beiden tat sie gut, und sie half ihnen über mühsame Wege hinweg.

Anna, die fast automatisch ihre Übungen machte, hob den Kopf, um wieder zu der alten Dame zu sehen.

Der Platz war leer.

Sicher war sie zur Behandlung gerufen worden.

Anna stutzte. Das konnte gar nicht sein! Plötzlich wurde ihr wieder klar, dass sie schon vor einigen Jahren von ihrer Mutter Abschied nehmen musste.

Erschrocken und doch beschenkt von dieser intensiven Erinnerung beendete Anna ihren Sport.

Regina Gay

Die Gummistiefel

Meine Vorfahren bewegten sich meist in Gummistiefeln. Darin gingen sie auf ihre Felder und in ihre Ställe. Sie waren Landwirte. Auch zur Jagd werden sie sich die grünen Langschäfter angezogen haben. Ackerbau und Tierzucht gehörte zu ihrem täglichen Leben ebenso, wie der Kontakt mit all den Menschen, die auf ihren Betrieben arbeiteten. Sie waren ihnen anvertraut, das war selbstverständlich. Diese Hofgemeinschaft gehörte in Freud und Leid zusammen.

In ihren Häusern herrschte gediegene Bescheidenheit. Von Gastfreundschaft umhegt, reichten sich Verwandte und Freunde die Hände. Vornehmlich im Sommer, denn wer reiste schon im Winter auf das Land? Nein, man wollte im Korbstuhl in der Sonne sitzend seinen Tee genießen, kaum ahnend, dass dies die Hauptarbeitszeit der Landwirte war. Manch ein Hausherr konnte sich nach der anstrengenden Arbeit beim abendlichen Wein mit den Gästen nicht des Schlafes erwehren.

Kinder, die aus der Stadt kamen, um ihre Ferien bei Verwandten auf dem Land zu verbringen, wurden bei An- und Abreise gewogen. Sollten sie aufgepäppelt werden, oder sollte bewiesen werden, dass ihnen die Landluft und das herzhafte Essen gut bekommen war?

Langes Ausschlafen gab es nicht, denn schon früh am Morgen sammelten sich die Gespanne oder später die Traktoren auf dem Hof, um auf den Feldern ihre Arbeit zu verrichten. Besonders verwöhnt wurden diese Ferienkinder nicht. Sie hatten sich den Gepflogenheiten des Hauses anzupassen. Erwischte die Hausfrau sie bei einer Kissenschlacht, so gab es einen herben Verweis. Die Vergnügungen des Landlebens konnten nur im Gegenzug mit gutem Benehmen genossen werden.

Natürlich hatten alle Gäste, die an der Wirtschaft interessiert waren, ihre Gummistiefel im Gepäck, denn Besucher, die nur beim Tee im Garten sitzen wollten, waren die Ausnahme. Die Erwachsenen waren bestrebt zu sehen, wie die Feldfrüchte standen, und natürlich wurden ihnen, auch mit einem gewissen Stolz, die neuesten Fortschritte der Technik in der Ackerbearbeitung vorgeführt.

In den Ställen, auch hier bewegte man sich nicht in städtischem Schuhwerk, wurden die Zuchttiere bewundert. Mancher dieser Landwirte befasste sich intensiv mit der Zucht und es konnten Stunden vergehen, ehe er mit seinen Gästen in den markig nach Stall riechenden Stiefeln wieder in das Haus kam.

Gummistiefel waren eine recht neue Erfindung. Früher bewegten sich die Landwirte in derben Lederstiefeln oder hohen Schuhen mit Gamaschen. Nur im Umgang mit den Pferden trug man Reitstiefel, die oft so eng an die Waden angepasst wurden, dass man sie nur mit einem Stiefelknecht ausziehen konnte. Das mag beim Militär noch ein lebendiger Knecht gewesen sein. Später entwickelte ein findiger Tischler einen Stiefelknecht aus Holz, der noch heute in vielen Häusern seinen Dienst tut.

Gummistiefel waren im Haus tabu, aber es konnte passieren, dass der Hausherr den Gästen in blankgewienerten Reitstiefeln entgegenkam. Keinem dieser Landwirte wäre es eingefallen, seinem Gast nicht bis zur untersten Treppenstufe seines Hauses entgegenzukommen. Ebenso verhielten sie sich beim Abschied. In ihren Häusern war keine extravagante Kleidung angesagt. Es fiel schon sehr aus dem Rahmen, wenn elegante Gäste aus der Stadt im Haus waren.

Die Häuser, in denen meine Vorfahren lebten, waren oft Landhäuser, die ein hohes Maß an Pflege benötigten, um erhalten zu werden. Da wurde schon mal eine Reise zugunsten einer neuen Fensterfront gestrichen, denn nur durch beständiges Renovieren konnten diese Gebäude erhalten werden.

Mit großen Schritten oder von Pferderücken aus prüften Männer wie auch Frauen meiner Familie die Saaten auf den Feldern. Regelmäßige Gänge durch die Ställe mit einem aufmerksamen Blick auf die Gesundheit der Tiere waren eine Selbstverständlichkeit.

Bis zum Krieg werden die Männer meiner Familie nicht auf den Höfen mitgearbeitet haben, aber zu jeder Zeit wussten sie, wo welche Arbeit auf dem Hof anstand. Meine Urgroßmutter, die früh verwitwet, plötzlich mit ihren sechs Söhnen auf dem Gut in der Uckermark alleine dastand, schaffte es nur durch eiserne Disziplin und einen angespitzten Rotstift, ihren Hof rentabel in die nächste Generation hinüberzuretten.

Dann meine Großeltern und Eltern. Sie waren nach 1945 angestellt, verwalteten Höfe für deren Eigentümer. In ihrem Verhalten hatte sich nicht viel geändert. Anvertraut waren ihnen auch Menschen, Tiere und Äcker, und man konnte sie sonntags in Gummistiefeln prüfend über die Saaten gehen sehen.

In Gummistiefeln trägt man in der Regel warme Socken. Da diese kurz nach dem Krieg eine Rarität waren, wickelte sich mein Vater in aller Bedachtsamkeit seine Füße in sogenannte Fußlappen ein. Das waren quadratische Rupfentücher, mit denen die Füße vor Druckstellen geschützt wurden. Welch ein Luxus, als es endlich Wollsocken gab. Später sollten Rosshaarsocken, die aussahen wie kleine Hausschuhe, mit denen man in die Stiefel stieg, der Clou sein, aber sie setzten sich nicht durch.

Die Gummistiefel wurden mit den Jahren bunter.

Ich erinnere mich, als Kind mit Fahrradflickzeug reparierte, schwarze Gummistiefel getragen zu haben. Später hatte man Mut zur Farbe. Rot und weiß waren sie zunächst. Die Weißen wurden von den Seglern bevorzugt. Die Roten konnte man bei Regenwetter an der See mit gelbem Ölzeug gepaart weithin leuchten sehen.

Gummistiefel wurden 'in'. Es wurde mit ihnen geworben, damit auch schlechtes Wetter noch vergnüglich sei. Die Zeiten waren vorbei, in denen man Gummistiefel nur einigen Berufsgruppen zuordnete.

Heute gibt es sie in allen erdenklichen Farben. Es gibt sie kariert, mit Blümchen, sozusagen als Schietwetteraccessoire.

Aber auch heute noch gehen Landwirte mit ihnen in die Ställe und auf die Felder. Sind sie ein Symbol für diesen Beruf?

Heute im Mai 2016 demonstrieren Landwirte vor dem Reichstag in Berlin, wegen der schlechten Agrarpreise, indem sie Tausende von Gummistiefelpaaren auf den großen Vorplatz stellen.

Ein stummer Protest...

Traute Lütje

Liebevolles Altern

Großmutter und Großvater lebten ihren Traum – sie hielten im Sommer, bei herrlichem Wetter, im Garten ein Schläfchen unter dem uralten Apfelbaum.
Sie träumten davon, was zu tun sei. Der Sommer überdauert sicherlich nicht mehr lange.
Schon bald würde der Herbst Einzug halten – die Winde verstärkt wehen – und die Äpfel vom Baum fallen. Diese gedachte Oma zu Apfelmus zu verarbeiten; so sah sie es in ihrem Traum. Opas Version hingegen sah anders aus: ein voluminöser leckerer Apfelkuchen erfüllte mit seinem Duft das bescheidene, in die Jahre gekommene Backsteinhaus.
Als beide erwachten, sahen sie sich an und lachten.
Gähnend, die Lungen mit würziger Luft des Spätsommertages verwöhnend, reichten sie sich ihre Hände. Diese menschlichen Allzweckwerkzeuge zeugten von einem harten Arbeitsleben, wobei zwei entspannt gelöste Gesichter – trotz unzähliger Falten – eine lebhafte Unterhaltung begannen.
„Erzähl, Schatz, wovon hast du geträumt?" begann Großmutter das Gespräch, woraufhin ihr Gemahl unverhohlen antwortete: „Von einem saftigen Stückchen Apfelkuchen, selbstgebacken", was er damit bekräftigte, dass er sich mit der Zunge über seine nicht mehr taufrischen Lippen fuhr.
„So, so, waren es wieder einmal die Äpfel, die dich

während des Nickerchen beschäftigten. Mach dir nichts draus, Hubert, mir ist es ähnlich ergangen. Ich war die ganze Zeit am Apfelmus kochen. Das mag wohl daran gelegen haben, dass der Baum dieses Jahr besonders gut trägt. Aus dem Ertrag könnte ich locker beides zaubern. Außerdem lagert der Boskoop sehr gut, sofern er gepflückt werden würde."

„Pflücken?"

Erstaunt schaut Hubert seine Elfi an und fragt nach: „Wie sollen wir zwei beide das noch hinbekommen, in unserem Alter?" wobei er sein Beinleiden und ihren kaputten Rücken ins Feld führte.

„Ich dachte dabei auch nicht an uns, sondern an Fritz, unseren Sohn, der könnte gerne einmal wieder etwas für uns tun, findest du nicht?"

„Grundsätzlich schon, nur hinterherbetteln, das kommt für mich nicht in Frage, da habe ich meinen Stolz. Wann hat sich Fritz eigentlich zuletzt bei uns blicken lassen? Der Junge kommt doch nur, wenn er klamm ist. Nee, Elfi, nicht mit mir!"

Schlagartig veränderte sich Elfis Miene. Tiefe Sorgenfalten unterbanden den gerade eben noch mit Freude erfüllten Gesichtsausdruck der Ergrauten.

Ihr Mann hätte wohl recht mit dem, was er andeutete, selbst wenn sie es nicht wahrhaben wollte.

Der Anblick der Grübelnden stimmte Hubert traurig. Erschrocken über seine unbedachte Äußerung lenkte er mildernd ein:

„Ich werde mal sehen, was sich machen lässt, Liebling. Ich rede mit unserem Ableger. Vielleicht opfert er sich ja und bringt die Ernte ein?"

Abermals bot Hubert seiner Elfi seine Hand dar, die diese sanft und dankbar drückte.

Versöhnlich sprachen sie sich nun wegen ihrer Zipperlein gegenseitig Mut zu. Das tat ihnen gut! Sie redeten und redeten. Gedankenverloren ließen sie dabei den Herbst hinter sich und gelangten schließlich beim Winter an. Die Gebrechlichen wussten; die Winterzeit würde für sie nicht leicht werden: Kälte, Frost, Glätte auf den Wegen – und der Schnee wären für beide kein Segen. Trotzdem lächelten die Betagten – und Opa setzte erneut zur Konversation an:

„Mutter, die Winterzeit ist irgendwie trotzdem schön. Wir werden es uns, wie immer, in unserer Wohnstube urgemütlich machen. Dafür besitzen wir doch den schönen Kachelofen, und unser Plüschsofa bietet genügend Platz für zwei. Holen wir uns noch einen kleinen Hund ins Haus, reicht die Sitzfläche bestimmt auch für drei. Gemütlich Kaffee trinken. Ein Likörchen schlürfen. Nebenbei deinen Apfelkuchen essen – und dem neuen Mitbewohner, nennen wir ihn einfach mal ‚Flocke‘, weil das Tier quasi bei uns reingeschneit käme, serviere ich höchstpersönlich sein Fressen.“

„Halt, du verrennst dich ja in den Gedanken an einen Hofhund. Denk dran: so ein Wollknäuel braucht Pflege und Auslauf“, unterbrach ihn seine Frau.

Das wisse er selbst, warf der Zurechtgewiesene ein und versuchte dennoch, seiner Gattin die Vorzüge eines Vierbeiners näherzubringen. Dabei führte er an, dass, wenn sie nachts schliefen, das Tierchen sie bewachen würde, weil Hunde von jeher einen Beschützer-Instinkt haben. Er selbst würde auch bereit sein, sich gleich am frühen Morgen um den Kachelofen zu kümmern und ihr bei der Zubereitung des Frühstücks behilflich sein. Der Beschützer dürfte sich derweil in den Garten verholen und dort, am Misthaufen, sein Geschäft erledigen. Die nötige Bewegung würde sich das Tier schon selbst verschaffen, ihr Grundstück sei schließlich groß genug!

„Zur Stärkung, einen Knochen fürs Gebiss, sei dem Hund danach gewiss."

Elfi atmete tief durch. Ihr war anzumerken, dass ihre grauen Zellen angestrengt arbeiteten. Nach kurzem Verschnaufen lenkte sie wohlwollend ein:

„Hubert, deinen Vorschlag mit dem Hundetier, den finde ich prima. Durch deine Begründung vergaß ich sogleich das raue Winter-Klima. Jetzt aber erst einmal genug für heute mit unserem Geschwafel. Ich muss in die Küche, um nach dem Erbseneintopf zu sehen, der auf dem Herd steht, damit dieser nicht ansetzt."

„Ja, tu das, Elfi. Ich freue mich schon auf die Erbsensuppe."

Schnuppernd streckte Hubert derweil seine knollenähnliche Nase in Richtung Haus und versuchte erste Düfte einzufangen.

„Hm, riecht gut, Schatz. Ich gieße noch schnell die Rosen, dann stehe ich bei dir zum Mittagessen auf der Matte. Nach dem Speisen schlage ich vor, halten wir wie üblich unser Mittagsschläfchen, damit unsere Träume von einem Vierbeiner nicht im Winde verwehen."

Nach besagtem Schläfchen aufgewacht dachten Oma und Opa abermals über ihr erfülltes Leben nach. Bislang schafften es die Betagten, sich ohne Fernsehgerät angeregt zu unterhalten. Sie nutzten kein Heimkino wie die meisten Alten. Ihnen reichte die Tageszeitung zur Information. So lief es bei Hubert und Elfi bereits seit ewigen Zeiten:

Berichterstattungen, Anzeigen, das Neuste aus aller Welt regte sie an, über alles das zu diskutieren, was ihnen missfiel.

Abends tranken sie ab und an ein Gläschen. Hubert behauptete, dieser Rebensaft sei gut fürs körperliche Wohlbefinden. Irgendwann lag dann auch ‚Flocke', ein mittelgroßer Mischlingsrüde, zu ihren Füßen. Der Hund lebte sich in seiner neuen Umgebung sehr schnell ein. Gemütlicher konnte es bei diesen alten Leuten wohl kaum zugehen.

So vergingen die langen, dunklen Wintertage. Langsam kam die Helligkeit zurück. Bald würde Frühling sein.

Huberts und Elfis Freude war ungebrochen, kam Haushund ‚Flocke' angekrochen. – Und ja, zu ihrem Erstaunen stimmte Sohn Fritz zu:

Von den allzu schweren Gartenarbeiten wären seine Eltern ab sofort befreit – er nähme sich dafür in Zukunft die Zeit!

Traute Lütje

Nachwuchs

An einem Freitagnachmittag lud Frau Helga Hufnagel ihre Freundinnen zum gemütlichen Beisammensein zu sich nach Hause ein.

Ein kleiner Plausch ab und zu förderte bei der jungen Frau die innere Ruhe. Ihr Kleinstkind, Pauline, parkte sie zu solchen Anlässen meistens bei der Oma. Leider klappte es mit der Betreuung dieses Mal nicht, da die Großmutter einen Arzttermin wahrzunehmen hatte.

Folglich kam Paulinchen den Besucherinnen – unerwartet – auf allen Vieren fröhlich entgegen gekrochen. Bis zu ihrem ersten Geburtstag fehlten noch einige Wochen; ansonsten wäre das Mädel sicherlich schnatternd, wie eine kleine Ente, angewatschelt gekommen.

Ein Kind wie aus dem Bilderbuch. Die Frauen strahlten. Bekamen von der kleinen Schönheit nicht genug. Das rosige Gesichtchen lächelte alle Damen an. Diese bemerkten sogleich, dass der kleine Wonneproppen ein weiteres Zähnchen bekam.

Paulines seidig-blonden Löckchen hatte ihre Mama raffiniert frisiert und auffallend mit einer üppigen Schleife verziert!

Ihr kleiner Körper hatte gut Schick, da er mit einigen Fettröllchen bestückt war!

Frau Hufnagel erklärte den kaum aus dem Staunen herauskommenden Besucherinnen:

„Hierbei handelt es sich um Babyspeck, die Röllchen gehen von alleine weg!"

Noch während die Kleine von zig Händen getätschelt wurde, öffnete sich wie von Geisterhand die Zimmertür und ihr Vater, Gregor Hufnagel, trat ein. Auch wenn er kein Freund dieser Treffen war, so geziemte es sich für ihn als höflichen Menschen, die Damenriege in seinem Hause willkommen zu heißen!

Hierauf legte nicht nur die Gastgeberin wert, sondern auch die Besucherinnen, da sie den Gemahl ihrer Freundin insgeheim verehrten.

Elegant, charmant, seiner Frau gegenüber stets zuvorkommend: solch einen Kerl wünschten sie sich an ihrer Seite, und keinen Langweiler, wie sie ihn zuhause hatten!

Als Paulinchen ihren Vater erspähte, wandte sie sich von den Damen ab. Laut kreischend robbte sie zu ihm hin.

„Baba, Baba", lallend krallte sie sich an seinen Hosenbeinen fest und versuchte sich hochzuziehen.

Dem Erzeuger schwoll die Hühnerbrust. Stolz wie ein Gockel verkündete der von seinem Kinde bedrängte Mann:

„Wenn ich mir mein rundum gelungenes Werk näher betrachte, verspüre ich Lust auf ein weiteres Kind." –

Reaktionsschnell griff sich der Schönschwätzer nach dem Gesagten in seinen Hosenbund, um das Beinkleid festzuhalten. Das Kleidungsstück drohte unter der Zugkraft der Lütten runterzurutschen.

Dieses ungewollte Schauspiel kommentierte seine Ehefrau wie folgt:

„Gregor, mein Schatz, hat das mit dem zweiten Baby nicht Zeit bis wir alleine sind?"

Allgemeines Gelächter blieb nicht aus, welches jedoch nicht von langer Dauer war!

Die geladenen Schönheiten fragten sich, woher plötzlich dieser penetrante Gestank käme?

Sowas gehört sich nicht! Bei lästigen Blähungen begibt man sich schleunigst hinaus, oder hält die Winde notfalls an!

Das Rätselraten blieb der jungen Mutter keineswegs verborgen. Sie zeigte sich amüsiert. Entspannt beauftragte sie ihren Mann, eine Windel zu besorgen. Sie finge schon mal an, die Kleine sauber zu machen – wobei sie Pauline vom Boden hochnahm und auf den Wickeltisch legte. Routiniert zog sie dem Scheißerchen das Strampelhöschen aus. Geschickt, mit nur einem Griff, rollte sie die volle Pampers zusammen und wischte den kleinen Popo mit Feuchttüchern sauber.

Angewidert schauten die Besucherinnen derweil zur Seite, sahen sich jedoch aus den Augenwinkeln heraus vielsagend an. Jede von ihnen schien diesen stummem Wink verstanden zu haben!

Die Erste erhob sich von ihrem Stuhl mit den Worten: „Tut mir leid, Freunde. Um noch länger zu bleiben, fehlt mir einfach die Zeit. Ihr werdet verstehen: ich muss leider gehen – die Pflicht ruft!"

Die anderen Damen schlossen sich augenblicklich an. Angeblich wartete zuhause der Mann. Sie ließen Helga wissen: Vor der nächsten Zusammenkunft riefen sie rechtzeitig an, damit sie Pauline vorab zur Oma bringen könne. Nicht, dass sie etwas gegen die Lütte hätten, nur zwangloser und lockerer verliefe ihr Kaffeeklatsch ohne den Nachkömmling.

Vater Hufnagel trug gleich ein ganzes Paket Windeln an und platzierte dieses unter dem Wickeltisch. Eine hatte er jedoch vorab entnommen, um sie seiner Frau zu reichen. Helga nahm diese gar nicht erst entgegen, sondern fragte höflich: „Gregor, bist du so lieb und wickelst die kleine Maus? Ich begleite derweil meine Freundinnen hinaus – sie wollen schon gehen."

„Na, dann die Damen. Gute Heimfahrt", schleimte Hufnagel. – Im Grunde war er froh, diesen Hühnerhaufen frühzeitig loszuwerden!

„Tschüss. bis bald, und nichts für ungut! Tut mir aufrichtig leid, dass ich kaum Zeit für euch hatte", entschuldigte sich die Gastgeberin und fügte hinzu: „Irgendwie verstehe ich euch ja... Nur habt selber erst einmal Nachwuchs, dann sehen wir weiter!"

Winkend verabschiedete sie sich daraufhin von ihrem uneinsichtigen Freundeskreis.

Sie verstand deren Reaktion jedoch keineswegs, denn als Frau fühlte sie sich bestätigt in ihrer Mutterrolle!

Der sich aus dem Staub machenden Damenriege Verstehen vorzugaukeln, diente der jungen Mutter lediglich als Selbstschutz. Ähnlich hielten es die Freundinnen!

Auf dem Parkplatz, bei ihren Fahrzeugen angekommen, fragten sie sich:

„Wieso konnte Helga die Kleine nicht im Bad versorgen? Wir wären geblieben!"

Diese Feststellung wurde durch allgemeines Kopfnicken bestätigt, zumal sie den Sprücheklopfer Gregor Hufnagel als Mann bewunderten. Der stolze Familienvater war offenbar ein Grund dafür, dass sie sich bei Helga, wäre da nicht Paulinchen, wie zu Hause fühlten. Wüssten seine Bewunderinnen, wie Hufnagel wirklich über sie dachte, sie besuchten Helga nie wieder!

Gregor wäre das egal! Allein seiner Frau zuliebe hielt er an sich. Er gönnte ihr diese Zerstreuung. Er war sich sicher: irgendwann käme Helga von alleine darauf, dass diese Weiber ihr nur etwas vormachten. Bis dahin unterstützte er sie, indem er einfach, wie gehabt, weitermachte. – Dabei nicht vergessend: Den Wunsch nach einem Stammhalter im Auge zu behalten!

Tödliche Gegenwehr

Vier Uhr morgens. Gespenstisch umhüllte eine hartnäckige Nebelfront Neumünster und Umgebung. Wer nicht unbedingt aus den Federn musste, drehte sich noch einmal um und schlief den Schlaf der Gerechten. Für Menschen, für die es keine Gesetze zu geben scheint, war an diesem Tag der frühe Morgen ideal, um den verbrecherischen Neigungen zu frönen. So nutzte ein Ganove diesen Tag, der einfach nicht hell werden wollte, für einen Einbruch in eine schmucke Jugendstil-Villa am Einfelder See.

Dass gerade hier, in unserem schönen Schleswig-Holstein, sich derartige Verbrechen mehren, sollte bedenklich stimmen. Mord, Raub und Raffgier aus niederen Beweggründen scheinen an der Tagesordnung.
Bei der Villa handelte es sich um Eigentum einer reichen Fabrikantenwitwe, die für ihre achtzig Jahre noch recht rüstig war. Dem Einbrecher war bekannt, dass dieses herrliche Anwesen von nur einer Person bewohnt wurde. Deshalb sah er keine Gefahr des Widerstandes für den Fall, dass die Bewohnerin aufwachen würde.
Voller Elan machte sich der frühe Besucher ans Werk, um an das Geld, den Schmuck und sonstige Wertgegenstände der Betuchten zu gelangen – nicht zu vergessen – Kontokarte, nebst Pin! Da sich der Ganove bereits seit Längerem mit den Gegebenheiten vertraut gemacht hatte, war es ein Leichtes für ihn, durch einen Kellerlichtschacht, in das Innere der Villa zu gelangen. Vorsichtig schlich er durch leicht muffig

riechende Kellerräume, um sich dann über die alte verschnörkelte Holztreppe den Weg nach oben zu bahnen.

Gerne hätte er unten länger verweilt, da die Weinvorräte, die hier lagerten, die besten Jahrgänge aufwiesen! Er besann sich jedoch und meinte: Das Materielle ginge zunächst vor. Um sich des Weines zu bemächtigen, könne er – jederzeit – einen erneuten Vorstoß wagen. In dieser noblen Wohngegend gäbe es kaum Schwierigkeiten, unbemerkt agieren zu können.

Sich unter die Leute zu mischen, um zu ergründen, wer alleinstehend und wohlhabend ist, dürfte ein Leichtes sein!

Rums!

‚Verdammt, alter Esel, pass gefälligst auf. Wenn du weiterhin so viel Lärm machst, weckst du selbst Tote auf.'

Gott sei Dank. Es blieb ruhig. Die Bewohnerin schien nichts bemerkt zu haben.

Irrtum!

Der Verbrecher griff gerade mit geierhaft verzogener Visage in die Schmuckschatulle der alten Dame, um sich mit deren wertvollem Schmuck die Hosentaschen vollzustopfen, als das Wohnzimmer hell erleuchtet wurde.

„Zum Teufel noch mal, das hat mir gerade noch gefehlt, jetzt wo alles so gut läuft."

Als würde das Licht gedimmt, wurde es dunkler und dunkler, bis es gänzlich verschwand. Vor lauter Schreck hielt der Dieb inne. Er vermied das Klötern mit dem Silberbesteck, welches er in einer mitgebrachten Sporttasche verstauen wollte. Angespannt lauschte der Eindringling in die Finsternis. Er stellte fest, dass es sich bei dem, was er hörte, um ein Fahrzeug gehandelt haben müsste, das ihn durch Aufblenden der Scheinwerfer in Angst und Schrecken versetzte. Er schlich an das Fenster, um sicher zu gehen, dass nicht doch noch überraschend Besuch eintraf.

Draußen blieb alles ruhig. Einzig eine Katze huschte gespenstisch von Sims zu Sims. Unerwartet blieb das Tier auf einer der Fensterbänke sitzen. Dort veranstaltete es ein herzzerreißendes Miau-Konzert.

„Schleich dich", zischte der Eindringling. „Du Mistvieh miaust mir nur noch die Alte wach und vermasselst mir die Tour. Warte gefälligst, bis ich verschwunden bin, dann kannst du weiter zetern."

Das war ein Satz mit X. Nämlich nix!

Licht ging an. Vorhänge wurden aufgezogen, und die alte Dame öffnete für ihren Kater das Fenster, um das Tier einzulassen. Nun wurde es eng. Keinesfalls wollte der Eindringling riskieren, entdeckt zu werden.

Dennoch, schlurrende Schritte näherten sich dem Wohnzimmer. Die Tür wurde geöffnet und herein sprang zunächst der Kater. Als das Tier den Fremdling erblickte, sprang er diesem, von einem alten Ohrensessel aus, direkt in den Nacken und krallte sich dort fest.

„Das ist die Höhe! Was haben Sie in meinem Haus zu suchen? Sie wollen sich doch nicht etwa an meinem Hab und Gut bereichern? Soweit kommt es noch. Nicht mit mir, Sie Schmarotzer!", brüllte Frau Rosenstolz und kam dabei ganz schön außer Atem.

„Stell dich nicht so an, altes Schrapnell, hast doch genug. Du kannst eh nichts mit in die Kiste nehmen."

„Hast du das gehört, Morle? Dem Sausack werde ich

es zeigen."

„Was willst du mir zeigen? Du gehörst in die Klapskiste, du alte schrumpelige Trockenpflaume."

Bei diesen hässlichen Worten versuchte der Eindringling krampfhaft, sich des Fellträgers zu entledigen. Das bewirkte allerdings nur, dass Morle seine Krallen, noch tiefer in seinen Nacken bohrte.

„Befreie mich sofort von diesem Mistviech, sonst mache ich dich kalt, Alte", worauf er der Seniorin bedrohlich nahekam, in seine Hosentasche langte und ein Klappmesser zog!

„Das ist jetzt nicht dein Ernst, du Halunke? Morle, du bleibst wo du bist! Dir passiert nichts, Frauchen wird aufpassen."

Blitzschnell griff die Überfallene nach dieser Drohung zum Kaminbesteck, nahm den Feuerhaken und versetzte ihrem Gegenüber damit einen gezielten Schlag mitten auf seinen kahlen Schädel. Dabei traf sie die Schädelbasis. Der Haken verkantete sich und blieb stecken. Krampfhaft versuchte die Seniorin, das Schlagwerkzeug zu entfernen, wodurch sie nur noch größeres Unheil anrichtete. Der Kater ließ im selben Moment von dem Mann ab, weil er bemerkte, dass der zu keiner Gegenwehr mehr fähig war. Wie ein nasser Sack ging der Getroffene zu Boden. Blutüberströmt jammerte er: „Ruf die Rettung, alte Hexe, bevor ich hier verende. Ich will nicht sterben."

Frau Rosenstolz, sichtlich geschockt über ihr Vorgehen, ließ sich erst einmal in den Ohrensessel fallen. Sie überlegte, wie es weitergehen sollte. Dem Kerl jetzt helfen, oder ihn sterben lassen? Diese Frage stellte sich die Täterin und entschied sich. Sie eilte in die Küche, füllte einen Becher mit schwarzem Kaffee, in welchem sie einige ihrer Schlaftabletten auflöste.

Dieses Gebräu brachte die Seniorin dem Niederge-
schlagenen.

„Hier, trink du alte Ratte, ich werde derweil die Rettung rufen." Eilig entschwand sie zum Flur, in dem das
Telefon stand.

„Kommen Sie schnell, hier ist ein fürchterliches Unglück passiert. Der Mann verliert jede Menge Blut.
Beeilen Sie sich bitte", so hörte es der Verletzte, da
sie extra laut redete. Der Einbrecher sollte nicht misstrauisch werden.

„Notarzt und Krankenwagen werden jeden Moment
hier sein, möchten Sie noch etwas trinken?" Diese
Worte vernahm der Verletzte schon nicht mehr. Ihm
fiel der Kopf nach hinten, und er schlief röchelnd ein.
Nun heißt es für dich: schnellstens handeln, Marta
Rosenstolz, bevor es hell wird. Diese Ratte muss verschwinden, und zwar für immer, bevor sie nochmals
so dreist bei fremden Leuten in deren Wohnungen
einsteigt.

„Morle, was passiert mit dir, wenn man mich als Täterin entlarvt? Ist schon klar, dass du mir nur mit einem
kläglichen Miau antworten kannst. Ich bin dir nicht
böse. Sollte ich verhaftet werden, sei nicht traurig, du
findest sicherlich ein neues Frauchen."

Zwischenzeitlich hatte es die alte Frau geschafft, den
Mann Stück für Stück durch das Wohnzimmer über
den Flur bis zur Haustür zu ziehen. Das war für sie
verhältnismäßig einfach. Die Villa besaß einen geflies-
ten Boden, und der Niedergeschlagene war direkt vor
dem Kamin auf dem Eisbärenfell, zusammengebro-
chen.

Marta Rosenstolz ergriff den Bärenkopf und konnte
so den auf dem Fell liegenden Verletzten problemlos
über den Fußboden schleifen.

Jetzt musste es schnell gehen. Bevor der Berufsverkehr einsetze und die ersten Spaziergänger mit ihren Hunden am See auftauchen, wollte sie ihr Vorhaben erledigt haben.

Ein Blick durch die offene Haustür ließ die alte Frau erschaudern. Der zähe Nebel kroch an ihr vorbei ins Haus. Die alte Standuhr schlug fünfmal.

Marta hatte das Gefühl, jeder Gongschlag träfe sie mitten ins Gesicht, um ihre abscheuliche Tat zu rächen. Trotzdem ließ sie sich nicht beirren. Hastig schlüpfte sie in die alten Gummistiefel von ihrem verstorbenen Gemahl und warf sich den aus Loden gearbeiteten Poncho über. Außerdem schmückte sie sich mit einem Schlapphut, den der Verstorbene gerne getragen hatte. So gekleidet machte sie sich auf den Weg zum Schuppen, um die gummibereifte Schubkarre hervorzuholen. Im Nachhinein war sie froh, dieser im Herbst eine neue Bereifung spendiert zu haben, was sie ursprünglich für nicht erforderlich gehalten hatte. Nun aber war die Vollgummiummantelung Gold wert.

Angekommen an der Haustür sah sie sich nochmals prüfend um, bevor sie die Karre mit dem Ganoven belud. Das erwies sich für die Villabewohnerin als nicht besonders schwierig, da sie ihr Transportmittel bis zu der Stufe, die mit der Haustür abschloss, vorschieben konnte. Marta brauchte den Bärenkopf nur etwas höher heben; der regungslose Körper geriet ins Rutschen und glitt sanft in die Karre. Das Ganze machte nicht einmal Lärm.

Nun aber: Fell rein, Tür zu – und ab die Post!

Die nicht auf den Kopf gefallene Fabrikantenwitwe musste, nachdem sie ihr Grundstück verlassen hatte, die vielbefahrene Kieler Straße überqueren, um an den See zu gelangen. Das Gewässer konnte sie wegen der schlechten Sicht kaum ausmachen.

Der halsstarrige Nebel wollte absolut nicht weichen.

Marta musste besonders umsichtig agieren, um mit der ungewöhnlichen Fuhre nicht unter die Räder zu kommen. Das wäre fatal!

Endlich!

Sie war unbeschadet auf der anderen Straßenseite angekommen.

Mit geballtem Kraftaufwand bugsierte sie die mit dem Frachtgut ‚Mensch' beladene Karre mühselig über den Wanderweg. Dieser führt vorbei am Toilettenhäuschen, dem Bootshaus und verläuft weiter in Richtung Dorfbucht.

Marta kannte sich kaum wieder. Woher nahm sie diese Energie? Sie wusste es nicht. Bloß niemanden treffen: Die Angst davor dürfte es gewesen sein, die sie aufputschte, Derartiges zu leisten!

Marta fuhr zusammen. Wie vom Blitz getroffen schaute sie nach oben, in Richtung Parkplatz.

‚Aber nun... Nun ist es vorbei mit dir. Man wird dich einbuchten, Marta.'

Das waren ihre Gedanken, als ein Auto den Parkplatz anfuhr. Sie vermutete, im schwachen Scheinwerferlicht einen Streifenwagen erkannt zu haben.

Sie hatte Recht. Bei dem Wagen handelte es sich tatsächlich um ein Polizeifahrzeug.

Und nun? Ihre Schritte wurden schneller. Konnte sie noch entkommen?

„Bloß nicht umdrehen. So tun, als seist du zum Angeln unterwegs", beruhigte sich die Täterin, und ihre Gangart wurde forscher!

„Sag mal, Hein, was mag das da unten sein? Sieht merkwürdig aus. Sollen wir mal nach dem Rechten sehen, was meinst du?"

„Nee, lass mal, Bruno. Rauch deine Zigarette zu Ende und dann nichts wie ab – ist mehr als ungemütlich heute Morgen!"

„Stimmt. Dennoch, geheuer erscheint mir das da unten nicht."

„Hein, du und deine Schwarzmalerei! Wird irgendein bekloppter Angler sein, der den halben Hausrat mit sich führt, einschließlich Zelt, denn es wurde Starkregen vorausgesagt, sobald sich die Suppe verzieht."

„Hast recht, Bruno. Lassen wir den armen Irren laufen. Der Kerl wird sehen, was er davon hat."

Fröstelnd stiegen die Streifenbeamten nach diesem Wortwechsel ins Fahrzeug, schalteten Licht ein, und fuhren weiter, in Richtung Kiel.

Der Sünderin fiel ein Stein vom Herzen. Es dauerte nicht mehr lange, und sie erreichte die Bootssteganlage.

„Ideal, dieser Schilfbewuchs", schwärmte Marta, und ein Lächeln huschte über ihr greises Antlitz. Freudig, ihre Last endlich abwerfen zu können, steuerte sie die Schubkarre über einen Anlegesteg, den sie ohne gesehen worden zu sein, erreichte. Sie brauchte die Karre nur noch bis zum Anschlag anzuheben, und mühelos glitt die ohne Bewusstsein mitgeführte Person, wie ein Schiff beim Stapellauf, in den Einfelder See. Schnell noch, ein „Gott hab dich selig, aber es war leider nicht anders machbar", hinterhergeworfen und zurück ging´s.

Kaum hatte Frau Rosenstolz die Schubkarre im Schuppen platziert, in dem sie sich auch ihrer Klamotten entledigte, um sich wieder wohl zu fühlen, begann es wie aus Eimern zu schütten.

Miauend begrüßte Morle sein Frauchen. Aufgeregt schlich der Kater der alten Frau um die Beine, die sich erschöpft in ihren Ruhesessel fallen ließ. Lakonisch äußerte sie dem Katzentier gegenüber: „Morle, ich glaube, wir sollten unser Zuhause besser sichern, damit wir ungebetenen Besuch gleich im Vorwege die Tür weisen. Nochmals so eine Tortur überlebt dein Frauchen nicht." Dann fielen der Frau die Augen zu, und sie schlief für eine Weile ein.

Stunden später richtete Marta in aller Ruhe die Wohnung wieder her. Nebenbei sah sie fern.

In den Nachrichten auf N3, im Schleswig-Holstein-Magazin, wurde berichtet, dass eine unbekannte, männliche Leiche aus einem See, bei Neumünster, geborgen wurde. Die Todesursache stünde noch nicht fest. Eine Obduktion wurde angeordnet.

Hein und Bruno, die beiden Polizisten, hüllten sich in Stillschweigen. Für die Gesetzeshüter dürfte das wohl das Beste gewesen sein. Der Starkregen tat ein Übriges. Restlos beseitigte er alle verwertbaren Spuren.

Gut für die Mörderin?

Traute Lütje

Unwiederbringliche Ferienzeiten

Lang, lang ist es her, dass ich in den fünfziger Jahren als Schulkind meine großen Ferien in Kiel bei meinen Großeltern verbringen durfte. Für mich als Wasserratte war es das größte und schönste Geschenk, was man mir zu jener Zeit machen konnte. Heutzutage, in einem Zeitalter, das nahezu jedem Kind alles nur Denkbare ermöglicht, kaum noch vorstellbar! Damals saß die gute, alte Mark bei Weitem nicht so locker, wie heute mancherorts der Euro. Deshalb war es für uns Kinder stets das Größte, wenn wir für unser Taschengeld, ein paar Groschen im Monat – wenn überhaupt – an den Strand fahren durften. Auf dieses mir bevorstehende Abenteuer fieberte ich bereits das ganze Jahr hin. Allein das Besteigen eines Förde-Dampfers war Spannung pur! Man musste schon sehen, dass man rechtzeitig am Anleger war, um einen guten Platz auf dem Dampfer zu ergattern. Denn nicht nur wir Schulkinder bevölkerten diese mit Dampf betriebenen kleinen Schiffe, die wie Plätteisen, ebenmäßig und sanft über die Förde glitten. Nein, auch die arbeitende Bevölkerung nutzte dieses kostengünstige Beförderungsmittel, um an ihren Arbeitsplatz zu gelangen. Während die Schornsteine alle Augenblicke einen langgezogenen tiefen, schnaufenden Ton ausstießen, machten wir Kinder es uns an Bord so richtig gemütlich. Wir überbrückten die Fahrzeit mit allerlei Denk- und Fingerfertigkeitsspielen. Die Vorfreude auf ein erfrischendes Bad in der Ostsee steigerte sich, je näher wir unser Ziel vor Augen hatten – und das variierte, je nach unserem Geldbeutel. Am begehrenswertesten war für uns Laboe, aber auch am teuersten! Mir gefielen eigentlich alle Strände an der Kieler-Förde: Bellevue, Kitzeberg, Möltenort, Falkenstein – all diese Gestade wiesen besondere Merkmale auf: Von steinigen Ufern, über dunkle Sandstrände, bis hin zu feinem, weißen Seesand, war alles zu finden. Selbst in die Grünanlagen konnte man sich verholen, sollte die Sonne es einmal zu gut gemeint haben. Meist aber wehte eine leichte Brise. Wurde es uns dennoch zu warm, stürzten wir uns übermütig in die Fluten. Was natürlich nicht so toll war, wenn wir uns per Kopfsprung von der Anlegebrücke aus in den Strudel eines gerade ablegenden Dampfers stürzten. Zum Glück ging immer alles gut! Mit zunehmendem Alter siegte letztendlich die Vernunft!

Als junge Frau – inzwischen Mutter dreier Kinder – war es für mich eine Selbstverständlichkeit, meine Trabanten so früh wie möglich mit dem Schwimmunterricht zu konfrontieren. Mir lag es am Herzen, ihnen alsbald aufzuzeigen, wie reizvoll der Sommer in unserem schönen Schleswig-Holstein – dem Land zwischen den Meeren – sein kann!
Im August neunzehnhundertsiebzig, auf der Insel Fehmarn „Ortsteil Strukkampphuk" hatten wir weniger Freude beim Zelten. Der Wettergott zeigte sich damals nicht gerade einsichtig mit der Familie. Vergrämt, warum auch immer, entsandte er Sturm und Regen über das sonst so sonnenverwöhnte Eiland. Das hielt uns jedoch nicht davon ab, das Beste daraus zu machen. Fische käschern, Strandspaziergänge, oder auch nur ein kurzes Anbaden, brachten dennoch viel Spaß. Wasserratten sind eben hart im Nehmen! Verregnete Sommerferien...? Was soll's! Friesennerze gab's damals schon. Die Kinder jedenfalls genossen jeden Tag!

Muscheln sammeln, Sandburgen bauen, dem aufge-
wühlten Meer einfach die Stirn bieten.

Sobald die Gischt versuchte in ihre Gummistiefel ein-
zudringen, nahmen sie ungestüm den Rückzug vor.
Schaffte es die Sonne sich doch einmal kurz zu zeigen,
wagten sich die Banausen in Badebekleidung vor.
Mutig setzen sie sich an den Strand und frotzelten mit
der heranbrausenden Dünung der Ostsee. Das geschah solange, bis die gierigen Wellen die zarten
menschlichen Körper erreichten, um diese mit der
Spitze ihrer ausladend breiten Zunge abzuschlecken.
Das war's dann auch.

Die todesmutigen Drei hatten erreicht was sie be-
zweckten; nämlich ohne ihr Dazutun nass zu werden.
Fröstelnd sprangen die Fratze danach auf, griffen sich
ihr Handtuch und flüchteten ins Zelt, um sich warm zu
bekleiden. Anschließend wickelten sie sich noch für
zehn Minuten in eine Wolldecke ein und ließen sich
von Mutter einen Becher heiße Milch servieren.

Dieser mit Honig angereicherte Zaubertrank wirkte
den bläulich verfärbten Lippen rasch entgegen. Sogleich erhielten die Münder ihre rote Farbe zurück
und die Apfelbäckchen begannen zu glühen. Post-
wendend kehrte auch ihr unbändiger Drang,
Abenteuer zu erleben, zurück – also reingeschlüpft in
trockne Gummistiefel.

Vorsorglich hatten wir Eltern für jedes Kind ein zwei-
tes Paar dabei; und alsbald standen sie mit der
Milchkanne in der Hand abmarschbereit, um beim
Bauern für Nachschub zu sorgen.

Die Geschwister waren sich einig: Hier auf der Insel
schmeckte der Kuhsaft besonders gut, da dieser,
frisch von der Lieblingskuh Berta abgemolken, direkt
vor Ort vermarktet wurde.

Bauer Hansen lud die Rasselbande dazu ein, einmal

selbst zu melken. Leider haperte es mit der Technik. Im Eimer landete kein einziger Strahl der begehrten Flüssignahrung. Die zwei Schwestern und der kleine Bruder nahmen es gelassen. Einen Versuch war´s wert.

Auf dem Rückweg zum Camp entdeckten die Trabanten laufend Neues. Nebenher schwenkten sie abwechselnd die emaillierte Milchkanne. Voller Übermut drehten sie diese schwungholend auch mal um die eigene Achse. Wagemutig nahm Bruder Knut den Deckel ab und probierte es ohne diesen.

Oh Wunder, es klappte!

Petra und Jule taten ihm jauchzend gleich. Von einem Bein auf das andere hopsend, das schlechte Wetter vergessend, kam die Meute dem Zeltplatz fröhlich näher.

„Huhu..., hallo Mutti", kündigten sich Petra und Jule winkend an – und auch Knut gestattete diese Begrüßung gedankenverloren seiner Hand beim Ausholen für die letzte Umdrehung.

Es kam wie es kommen musste. Im hohen Bogen flog mir die Milchkanne entgegen.

„Perfekt! Ich würde sagen: Damit hast du eine Punktlandung hingelegt, Junge!"

Triumphierend hielt sich der dicke Zeltnachbar Ottokar Heise seinen feisten Wanst, damit dieser nicht bei jeder Lachsalve zu hüpfen begann. Von oben bis unten mit Milch besudelt blieb mir nichts anderes übrig, als mit Ottokar kräftig in die Kerbe zu schlagen. Ich lachte einfach mit!

Mir war klar, für ihn war ich von jeher eine dumme Kuh, die ihre Gören nicht in den Griff bekam. Allein aus diesem Grunde hielt ich mich zurück und machte Knut keinerlei Vorhaltungen. Das galt es später zu klären, innerhalb der eigenen Zeltwände. Ottokar, der von Jahr zu Jahr an Gewicht zulegte, wartete somit vergebens auf eine Strafpredigt meinerseits und zog sich in seinen Wigwam zurück. Jedoch nicht, ohne mich noch wissen zu lassen: Knut sei der Hammer, aus ihm könnte was werden!

Mein Mann, der unter der Fehmarn-Sund-Brücke mit netteren Nachbarn auf Scholle Angeln aus war, staunte nicht schlecht, mich beim Umkleiden anzutreffen. Die Männer hatten ihre Angelruten frühzeitig eingepackt, da wegen des schlechten Wetters die Erfolgsaussichten, einen Flossenträger zu ködern, gleich null waren. Also fiel das geplante Mittagsmahl – ‚in Speck gebratene Scholle', schon einmal flach!

Nach kurzer Berichterstattung, weshalb ich mich umkleidete, und was sich während seiner Abwesenheit sonst noch im Camp ereignete, beschlossen wir, uns landfein zu machen, um mit den Strolchen nach Burg zu kutschieren. Damit unterbanden wir, dass diese weiterhin dummes Zeug ausheckten, und mir blieb erneute Häme von Ottokar Heise vorläufig erspart. Hatte dieser Mensch sich erst einmal in etwas verbissen, ließ er keine Gelegenheit aus, um es seinem Opfer schwer zu machen. Dieser Wesenszug dürfte ein Grund dafür gewesen sein, dass dieser Mann von Frauen gemieden wurde. Heise verkörperte bis zu seinem frühen Tod den ewigen Junggesellen. Er wurde gerade einmal achtundvierzig Jahre alt.

Schaufensterbummel, anschließend im Restaurant gemütlich speisen, das taten wir gerne an verregneten Tagen. Danach kauften wir häufig zwei gute Flaschen Wein, um mit einem Gläschen, den Abend bei Freunden, in deren Wohnwagen, ausklingen zu lassen. Welch Komfort!

Unser Nachwuchs durfte derweil etwas länger lesen; denn Fernsehen gab es auf dem Campingplatz, zur damaligen Zeit, noch nicht – und das war gut so!

Anmerkung:
So gestalteten wir vor über fünfzig Jahren die Sommerferien unserer Kinder.
Die meinen hingegen liegen jedoch wesentlich länger zurück.
Alles in Allem:
„Es waren schöne, unwiederbringliche Zeiten. Wir alle haben diese Art der Freizeitgestaltung sehr genossen!"

Traute Lütje

Vom Donner gerührt

Jenny, geboren am 9. Dezember 1962, als zweite Tochter eines relativ jungen Ehepaares – die Mutter bei der Eheschließung neunzehn – Vater Soldat, zwanzig Jahre alt, zeigte sich stets zufrieden. Ihre Masche als Kleinstkind: ein Schläfchen im Schaukelpferd, sofern dieses nicht von der älteren Schwester in Beschlag genommen war. Nach dem Erwachen jauchzte und kreischte das kleine Menschenkind voller Lebensfreude, was Jenny heute noch beherrscht, trotz ihres inzwischen nicht mehr ganz taufrischen Alters. Immerhin überschritt dieses kleine Etwas bereits ein halbes Jahrhundert. Heute eine reife Frau. Die zierliche Figur blieb dem Wirbelwind, trotz der Geburt eines Sohnes, erhalten. Ihr Mann hingegen dürfte sein Gewicht nahezu verdoppelt haben. Geheiratet haben die zwei nach eingehender Prüfung am 3. Mai 1991.

Stilvoll, in einem weißen Brautkleid mit Schleier und einem wunderschönen Blumenbukett, so führte sie Silvio, ihr Schatz, vor fünfundzwanzig Jahren zum Traualtar. Jennys Eltern ließen es sich nicht nehmen, das Brautkleid sowie die Beköstigung der Hochzeitsgesellschaft in einem angemessenen Restaurant zu finanzieren; sehr zur Freude des Brautpaares.

Jenny und Silvio benötigten damals jede Mark, schließlich galt es, sich endgültig von Zuhause abzunabeln – und eine eigene Wohnung kostete nun einmal. Wie später ein kleines Einfamilienhaus. Das bedeutet: Die Turteltauben müssen heute noch messerscharf kalkulieren, mit der neuen Währung, Euro und Cent!

Über all die Jahre hinweg stand ihr Familienleben, genauso wie das ihrer Eltern, im Vordergrund. Zugegeben: gewisse Veränderungen sind keineswegs außer Acht zu lassen. Jennys Mutter war mit ihrem Vater nur siebzehn Jahre liiert. Das Mädel musste sich notgedrungen ab sofort mit einem Stiefvater auseinandersetzen. Nach anfänglicher Skepsis gelang ihr dieses super. Sie begriff, dass es im Leben Dinge gibt, die unvorhersehbar sind.

Ihre Mutter verstand es, ihr und ihren Geschwistern Halt zu geben, den die Kleinen in dieser Situation, dem Zerbrechen einer langjährigen, inzwischen nicht mehr zu kittenden, Lebensgemeinschaft brauchten! Die drei (1964 kam ein Bruder hinzu) fühlten sich trotz Trennung der Eltern in ihrem neuen Zuhause sofort geborgen!

Ebenso sorgte Mutter dafür, dass die Kinder dem leiblichen Vater künftig weiter nahestanden. Sie war es auch, die ihre Brut daran erinnerte, den Erzeuger nicht gänzlich ins Abseits zu stellen: Ermahnte ihre Kinder, ihm Geburtstagsgrüße zu senden sowie Weihnachts- und Ostergrüße keineswegs zu vergessen!

So kam es, dass der Geschiedene sich entschloss, seine Aggressionen, die er der Frau gegenüber hegte – die er einst liebte – ins Jenseits zu befördern. Dieser weise Entschluss war der gesamten Familie gegenüber dienlich:

Geburtstage, Konfirmationen, Hochzeiten, Kindstaufe – alles das waren Anlässe, sich zu begegnen, ohne Hass. So läuft es heute noch – 37 Jahre nach der Scheidung.

Kinder verbinden!

Jennys Vater, kein Kind von Traurigkeit, reißt mit seinen 75 Jahren noch so gut wie jede Henne vom Nest.

Treue? Nicht unbedingt ein Markenzeichen dieses Mannes, was wesentlich zur Auflösung des Gelöbnisses ‚Bis das der Tod euch scheidet', beitrug. ‚Mensch bleiben muss der Mensch', egal was ansteht. Das Leben ist einfach zu kurz, um frustriert mit Leichenbittermiene herumzulaufen, weil Amor seine Pfeile ziellos in die Gegend verschießt. Deshalb: vergessen, vergangen, vorüber – das Leben geht weiter!

Bleiben wir bei Jenny, der das Liebesglück bislang erhalten blieb und das hoffentlich niemals bröckeln wird. Jenny war es, die ihren Silvio bekniete, ihre am 3.Mai dieses Jahres anstehende Silberhochzeit feierlich begehen zu wollen: Als verspätete Hochzeitsreise auf einem Schiff – so ihr sehnlichster Wunsch. Ihr Argument: Die Familie würde es schon verstehen, wenn sie und ihr Mann sich ausblenden und sie keine große Feier für ihr 25jähriges Ehejubiläum veranstalteten. Mutter allemal – und Daniel, ihr Stiefvater, erst recht! Was die Geschwister dazu sagen würden, darauf konnte sie sich allerdings keinen Reim machen. Was soll's: Jeder aus der Verwandtschaft kannte ihre finanzielle Lage. Sie waren nun mal nicht auf Rosen gebettet. Deshalb lag auch später keine zusätzliche Feier drin. Kleine Kaffeerunde vielleicht? Das wär's dann. Außerdem fühlte sich Jenny nicht wie eine Silberbraut. Mit Schaudern dachte sie an die Silberhochzeit ihrer Großeltern. Ja, Oma und Opa, das waren alte Leute, jedoch nicht sie und Silvio! Keineswegs würde sie ein verschnörkeltes Silberkrönchen auf ihrem Kopf dulden; und Silvio, in einem dunklen Anzug, an dessen Revers die dazu passende Silbernadel prangt, an ihrer Seite. Nee, nee, das sei sowas von veraltet, das passe ihrer Meinung nach nicht mehr in die heutige Zeit!

Konträrer hätte sich Jenny ihrem Mann gegenüber nicht positionieren können, der die Meinung vertrat: eine Silberhochzeit sei ein unwiederbringliches Ereignis, welches mit Familie und Freunden feierlich begangen werden müsse – eine Schiffsreise könnten sie immer noch machen.

Jenny jedoch ließ nicht locker. Sie habe für diesen Anlass extra gespart. Es würde dauern, bis sie erneut soviel zurückgelegt hätte, um den Traum verwirklichen zu können, den sie bereits damals, am 3.Mai 1991, hegte. Als Silvio dann auch noch eine Träne über ihre Wange kullern sah, gab er sich geschlagen und willigte ein. Als Dank erntete er von seinem Mäuschen ein strahlendes Lächeln, was mit einem Kuss besiegelt wurde. Gleich am Tag darauf begaben sich die anstehenden Silberhochzeiter zum Reisebüro und buchten eine Kurzreise mit der Aida Luna: ab Kiel, bis Göteborg, zurück nach Kopenhagen, um im Kieler Hafen wieder festzumachen.

Folglich wird, wie von Jenny angeregt, der Familienclan mit der Tatsache konfrontiert:

„Es findet keine Silberhochzeitsfeier statt!"

Betretene Gesichter der Geschwister. Das mussten sie erst einmal verdauen. Jennys leiblicher Vater schloss sich an, da er gerne feiert – wobei er Gelegenheit findet, seine drei Kinder sowie deren Partner und Enkelsohn um sich vereinen zu können. Ihre Mutter und Daniel hingegen freuten sich, als sie das Strahlen in Jennys Augen erblickten. Sie besiegelte ihre Vorfreude mit einem unüberhörbaren: „Juchhe", was Daniel damit bekräftigte: „Freu dich, mein Mädel. Du und dein Mann, ihr habt es euch redlich verdient." Dem pflichtete ihre Mutter, die gedanklich bereits Pläne schmiedete, bei.

„Wo bist du mit deinen Gedanken, Tina? Hast du

überhaupt mitbekommen, was uns Jenny eben unterbreitete?"

„Ia doch, Daniel, ich bin doch nicht taub. Ich vernahm sogar ihren Freudenschrei, den du so gern aus ihrem Munde hören magst. Nun löchere mich bitte nicht mit Fragen. Alles Weitere bespreche ich mit dir zu Hause."

„Wollt ihr etwa schon gehen?", kam von Silvio, der die Gesichter seiner Schwiegereltern genau studierte, um zu ergründen, ob nicht doch ein kleines Fünkchen Enttäuschung in ihnen schwoll.

„So ist es, mein Junge, wenn ich mir Tina betrachte, liegt wohl noch einiges vor mir. Wenn ich nur wüsste, was!"

„Neugierde, mein Lieber, ist eine Tugend, die es gilt, schleunigst aus seinem Innersten zu verbannen. Alles, was du wissen musst, wirst du rechtzeitig erfahren – und nun komm! Tschüss, Kinder..., bis bald!"

„Verstehst du das, Silvio? Was Mutti wohl hat? Sie ist doch sonst nicht so kurz angebunden."

Nachdenklich geworden fragte sich Jenny, ob sie alles richtiggemacht habe, und Silvio legte nach: „So ganz begreife ich deine Mutter auch nicht. Zumindestens hätte ich erwartet, dass sie uns viel Spaß wünscht und uns für die Reise ein kleines Taschengeld mitgegeben hätte. Naja, egal, da müssen wir jetzt durch!"

Die Tage vergingen, und der Reisetermin rückte immer näher. Etwa eine Woche vorher meldete sich Jenny telefonisch bei ihren Eltern. Sie fragte höflich, ob sie es einrichten könnten, sie am 3. Mai, vormittags gegen zehn Uhr, zum Schweden-Kai zu bringen. Tina, die den Anruf entgegengenommen hatte, stutzte – sagte dann nur: „Ich weiß nicht, Jenny, was am 3. anliegt. Ich glaube, da war was. Ich reiche dir mal Daniel", und drückte diesem das Handy in die Hand.

„Hallo, Jenny, was gibt´s?"
Die Tochter wiederholte ihr Anliegen und bekam daraufhin von ihm zu hören:
„Das, Mädel, tut mir jetzt aber leid. Ich hätte euch gerne gefahren. Leider habe ich dann einen Termin in der Rendsburger Augenklinik. Da ja keine Feier stattfindet, sagte ich für diesen Tag mein Erscheinen zu. Deine Mutter wird mich chauffieren müssen, da ich nach umfassender Untersuchung nicht selber fahren darf."
„Ach so", kam es enttäuscht zurück. „Na macht nichts, werde mal meinen Vater fragen. Meine Geschwister müssen alle arbeiten. Ist ja Wochentag. Grüß Mamma", und legte auf.
Irgendwie fühlten Tina und Daniel sich nicht wohl in ihrer Haut!

Ein Tag vor der Abreise.
Jenny rief erneut bei den Eltern an. Sie wollte wissen, ob es Handtücher und Föhn in den Kabinen gäbe.
„Ein fadenscheiniger Anruf", wie Tina Daniel wissen ließ, und beide konnten sich ein leichtes Grienen nicht verkneifen.

3. Mai, 2016
„Vergiss deine Medikamente nicht, Daniel". „Und du denk bitte an deine Augentropfen, Tina."
„Ich habe alles im Griff, Liebling. Wann kommt Herrmann?"
„In einer Stunde!"
„Dann sind wir gut in der Zeit und können unser Haus in Ruhe sichern. Die Blumen habe ich gewässert. Ich hoffe, sie werden überleben."
„Werden sie, werden sie mit Sicherheit, Liebling. Ich stell schon mal den Koffer runter. Mein Freund Herr-

mann dürfte gleich hier sein. Der Kerl ist die Pünktlichkeit in Person."

Im Kieler Hafen herrschte reges Treiben. Riesige Fähren warteten auf ihre Gäste. Hervor jedoch stach der überdimensionale Kussmund der Aida, deren Innenleben Jenny und Silvio bereits erkundeten, da sie zu den ersten Gästen gehörten, die das Clubschiff in Kürze nach Göteborg schippern würde. Noch jedoch trafen wieder und wieder neue Passagiere am Terminal ein, die mit von der Partie sein würden. Nebenher wurde der Bauch dieses Meeresriesen mit frischen Lebensmitteln bestückt, damit die Reisenden wie im Schlaraffenland verpflegt werden konnten.

„Hoffentlich sehen die Kinder uns nicht kommen", sagte Mutter, worauf Daniel antwortete: „Am meisten freue ich mich auf Jennys Kreischen. Ihr emotionaler Ausbruch, Freude zu zeigen – immer wieder schön!"

Die Befürchtung, dass das Jubelpaar die Eltern frühzeitig erspähte, trat nicht ein. Also begaben sich Tina und Daniel am Abend in die verschiedenen Restaurants auf die Suche nach dem Silberpaar. Im Markt-Restaurant glaubte Silvio, seine Schwiegermutter zu sehen, verwarf es jedoch als Sinnestäuschung; wie sollte sie auch. Er begab sich zur Bierzapfanlage, um seinem Hals Gutes zu tun. Den gleichen Gedanken hegte Daniel. Bei der Masse Mensch auf Anhieb jemanden zu finden, war nicht so leicht. Ein Schlückchen Zielwasser könnte behilflich sein. Tina lief ziellos umher. Irgendwann, so mutmaßte sie, würde sie fündig werden. Aber es kam anders. An der Biertanke liefen sich Silvio und Daniel über den Weg. Erschrocken, das leere Bierglas zitterte in seiner rechten Hand, starrte Silvio Daniel an. „Duuuuuuuu, was machst Du denn hier?"

„Wonach sieht's denn aus, Silvio? Ich gedachte mir ein Bier zu zapfen, und Tina sucht zwischenzeitlich Deine Frau."

„Also habe ich mich nicht geirrt. Tina ist auch hier an Bord."

„Ja doch, Kerlchen, Jennys Mutter ist an Bord!"

Daniel, der seine Frau von Weitem ausfindig machte, winkte ihr zu und Silvio begleitete seine Schwiegereltern zu dem Tisch, an dem Jenny saß und auf ihren Mann wartete. Einen Jubelschrei vernahmen die Überraschungsgäste jedoch nicht. Eher ein bedrücktes Schweigen der Braut, ähnlich einer Schockstarre.

„Herzlichen Glückwunsch, liebe Silberhaargeneration. Daniel und ich, wir wünschen euch beiden alles Liebe und Gute zu eurer silbernen Hochzeit." Danach zog Tina ein Couvert aus ihrer Handtasche und überreichte dieses Jenny. Die Glückwunschkarte wurde zunächst beiseitegelegt, denn in ihr knisterte nichts. Wären hierin Euros verborgen, Jenny hätte es bemerkt. Nach kurzem Warum, Wieso, Weshalb sich ihre Eltern ihnen anschlossen, entnahm sie dem Couvert die Glückwunschkarte und las. Sie unterbrach, las erneut und reichte sie an Silvio weiter. Wieder kein Freudenschrei. Rührung prägte das liebliche Gesicht der Tochter.

„Das muss ich erst einmal verdauen!", murmelte Jenny, und Silvio schloss an: „Das glaube ich jetzt nicht."

Überraschung gelungen!

Die Eltern sagten dem Brautpaar zu, nach der Heimkehr ihm die gesamten Reisekosten, einschließlich Bordtaschengeld, zu erstatten.

Langsam löste sich das Erstaunen. Es folgten strahlende Gesichter, wobei sich Jennys Frohsinn an Bord wie ein Lauffeuer verbreitete. Es war eine schöne

Reise. Die Eltern nervten zu keiner Zeit. Jeder machte, wonach ihm gerade der Sinn stand. Zuhause, beim Grillen, zu dem Jenny und Silvio ihre Gönner spontan einluden, ließen sie ihre Reise Revue passieren. Alle amüsierten sich nochmals über die perfekte Geheimhaltung dieser Unternehmung, von der noch nicht einmal der Rest der Familie in Kenntnis gesetzt worden war. Zu groß wäre die Gefahr gegeben, jemand hätte sich verplappern können. Ein Jahr weiter steht bereits eine weitere Silberhochzeit an, die der ältesten Tochter.

Was daraus wird? Wir werden sehen!

Thorsten Schönberg

Das erste schwarze Schaf

Ein Schäfer war ob eines Schafes verdrossen
und hatte deswegen für sich nun beschlossen,
er wolle das Tier gut im Auge behalten
und legte zum Grübeln die Stirn tief in Falten.

Es zierte das Tier weder Warze und Narbe,
noch trug dessen Pelz eine auffällig` Farbe.
Wie könne er daher sein Ziel bloß erreichen:
Bei just jenem Schaf, das gleich unter Gleichen?

Beim Grübeln nebst Anblick des Herdengewimmels,
vor düsteren Wolken des düsteren Himmels,
da kam die Idee, wie es würde ein Leichtes.
Der Hirte sprang auf, brüllte lauthals: Mir reicht es!

Warum also quälen, warum mich selbst schlauchen!
Ich werde das Tier in den Farbbottich tauchen.
Dann ziert es noch immer nicht Warze, nicht Narbe,
doch glücklicherweise `ne tiefschwarze Farbe.

Thorsten Schönberg

Erziehung anno 2016

„Jennifer, ich möchte, dass du dein Zimmer aufräumst."

„Nö. Kein Bock."

„Damit kommst du mir jetzt nicht durch. Es wird echt Zeit, dass du dein Zimmer aufräumst. Es siehst hier wirklich schlimm aus."

„Oh Mama, lass mich doch mal in Ruhe damit. Das neeeervt totaaal."

„Es ist mir egal, dass ich nerve."

„Oh ja, ist gut. Mach ich nachher."

„Nix da nachher. Nachher höre ich schon seit sechs Wochen. Und die sechs Wochen davor habe ich immer auf deine Selbsterkenntnis gehofft."

„Oh Mama, du nervst. Und du stehst im Bild. Hau doch mal ab jetzt."

„Nein junges Fräulein, dieses Mal haue ich nicht ab. Nicht bevor du angefangen hast. So lange bleibe ich hier stehen."

„Oh Mama, verpiss dich jetzt mal. Ich mach das ja später."

„Nein, deine Mama verpisst sich jetzt nicht. Und auch wenn du denkst, die blöde Schlampe soll abhauen. Nix da! Die blöde Schlampe ist immerhin die Schlampe, die dir dein Taschengeld bezahlt."

„Oh Mama, was soll das denn jetzt. Du gibst mir mein Taschengeld auch ohne das Fuck-Aufräumen-Getue."

„Nein Jennifer, dieses Mal nicht. Ich habe dein Taschengeld nämlich hier in deinem Zimmer positioniert, quasi versteckt. Deinen 50 Euroschein habe ich in drei Teile gerissen und unter deinem Krempel gelegt. Diesen Krempel wirst du schon aufräumen müssen, um an die drei Teile, die einzeln wertlos sind, zu gelangen. Also viel Spaß dabei."

„Oh Fuck ey. Echt jetzt ey. So was Mieses ey..."

Plötzlich setzt lauter Applaus ein. Ein, in einen Smoking gekleideter, junger Herr tritt vor, hebt sein Mikrofon und spricht hinein: „Vielen Dank. Das war Sabine mit ihrer Tochter Jennifer. Unsere Startnummer sechs. Ich fand die Performance ja ganz wunderbar. Aber wir wollen mal hören, was unsere Fachjury dazu zu sagen hat." Über den Studiolautsprecher tönt eine dunkle, rauchige Männerstimme: „Und hier nun das Urteil unserer Fachjury. Ihre Wertung bitte, Georgi Morales!"

„Ja Sabine. Mir hatte sehr gut gefalle. Besonders dein rotes Kleid Chica. Du hast toll ausgesehen. Und auch der Solo von Jenni war super. Also mir hat gefalle."

„Und bitte ihre Wertung, Flapsi Caruse!"

„Also Sabine, ich fand echt Hammer. Am besten hat mir gefallen, wie du so bäm, Jennifer vor den Kopf geknallt hast, bum...die Taschengeld gibst nur fürs Aufräumen. Bäm, das hat gesessen. Echt super. Da war super."

„Und nun bitte ihre Wertung, Johannes Hampel!"

„Also ich muss auch sagen, dass dies eine stimmige Performance war. Da war Leidenschaft und Gefühl zu spüren. Und dann dieser Lösungsvorschlag mit den zerrissenen 50 Euro. Ganz anders als noch letzte Woche. Und auch ganz anders als bei Michael vorher, der dem kleinen Mike gleich `ne Ohrfeige und einen Kopfstoß versetzt hat, nur weil der sein Wurstbrot nicht essen wollte. Nein, hier wurde versucht, mit pädagogischen Mitteln zu arbeiten. Und auch Jennifer möchte ich ein Sonderlob aussprechen. Wie du auf deinem Standpunkt beharrt hast. Klasse Leistung."

„Okay meine lieben Juroren...dies waren die letzten

Kandidaten für heute und das bringt mich dann auch zu der allseits unbeliebten Frage, wer es denn wohl in die nächste Runde schafft, beziehungsweise wer denn wohl ausscheiden muss. Georgi, was denkst du, für wen es wohl eng wird heute Abend?"

„Oh ich hasse diese Frage. Ich finde, sie alle habt verdient zum Weiterkommen. Ich weiß wirklich nicht."

„Und du Flapsi, was denkst du, wen es heute wohl erwischen wird?"

„Ehrlisch gesagt hab iisch auch keine Ahnung. Aber so ein Gefühl, als wenn es für Michael eng wird. Wie er den armen kleinen Mike behandelt hat. Isch weiß nicht."

„Und sie Herr Hampel als Chefjuror. Wie beurteilen sie die Chancen der Kandidaten?"

„Also rein von der Performance her müsste es eigentlich den Michael erwischen. Aber die Zuschauer haben schließlich das letzte Wort. Und wollen die Zuschauer am Samstagabend zur besten Sendezeit sehen, wie ein Vater seinen Sohn vor laufenden Kameras blutig schlägt? Ich glaube ja. Und deshalb könnte es, auch wenn es mir persönlich leidtun würde, für Sabine eng werden. Zumal Michael ja durch die Versorgung der Platzwunde des kleinen Mikes auch noch ein paar Sympathiepunkte sammeln konnte. Also ich glaube, es trifft heute Abend Sabine."

„Tja liebe Zuschauer, rufen sie also für unsere Kandidaten an und entscheiden sie selbst, wer nächste Woche vor laufenden Kameras hier in Köln seine Kinder erziehen darf. Wir senden jetzt noch einmal den Schnelldurchlauf und dann ran an die Telefone. Nebenbei können Sie noch 5000 Euro gewinnen, wenn Sie folgende Frage beantworten können: Welche Frau bekam 1979 den Friedensnobelpreis, weil sie besonders den Armen und Obdachlosen half?

War das A) Mutter Teresa? Oder war es B) Lukas Po-
dolsky oder C) Apollo 13?
Viel Glück! Wir sehen uns nach der Werbung mit der
Entscheidung…"

Thorsten Schönberg

Noch etwas Flugente?

Urplötzlich war Christopher Mittelpunkt. Jeder im Raum schien nur noch ein Ziel zu kennen, nämlich Christopher mit Essen versorgen zu wollen. Und Christopher selbst hätte vor Scham im Erdboden versinken mögen, eine Tarnkappe überwerfen und dieser Situation entfliehen. Einer Situation, die er auf alle Fälle hätte vermeiden können und müssen.

Denn spätestens seit seiner Schulzeit hatte Christopher es vermieden, sich in den Vordergrund zu drängen. Es war einfach nicht seine Art, als Klassenclown die anderen Schüler zu unterhalten. Und seine Zurückhaltung ging noch viel weiter. Wie oft hatten die Lehrer ihren Schülern Fragen gestellt und niemand meldete sich. Christopher hätte sich melden können, denn die Antworten wusste er meist ganz genau. Nein, dumm war Christopher sicher nicht. Doch es war ihm einfach unangenehm, als einziger den Finger nach oben zu recken und die anderen Schüler mit einer richtigen Antwort möglicherweise bloß zu stellen. Und meldeten sich viele, so empfand er es als unnötig, sich ebenfalls, den Finger gen Himmel reckend, als wissend zu präsentieren. Aber in den schriftlichen Arbeiten, da konnte er zeigen, was in ihm steckte. So führte seine mangelnde Beteiligung am Unterricht zwar zu schlechteren Noten, die dank seiner hervorragenden schriftlichen Leistungen jedoch stets vorzeigbar waren. Einen großen Vorteil bot das Ganze: es blieben ihm auf diese Art und Weise der Ruf als Streber und damit die Hänseleien oder gar Schlimmeres der Mitschüler erspart.

Die Einladung zur Silberhochzeit seiner Schwiegereltern war vor Wochen gekommen. Die Feier fand in einem Restaurant mit etwas gehobenem Anspruch nahe der Stadt statt. Christopher wusste schon, von den Familienfeiern vergangener Jahre, dass die Familie dort nicht einmal die Hälfte der Gäste stellen würde. Nein, beruflich erfolgreich und privat weit vernetzt waren die Schwiegereltern und somit mit einem großen, in Christophers Augen fast ausufernden, Freundes- und Bekanntenkreis. Die meisten von ihnen würde Christopher nicht kennen oder zumindest keinen Gesprächsstoff finden können. Wobei es ihm sowieso beinahe unmöglich war, sich in Smalltalk zu ergießen.

Die Kellnerinnen betraten den Saal. Jede von ihnen trug mit allergrößtem Geschick, schon fast kunstvoll eine Reihe von Tabletts die Arme hinauf gestapelt, die Speisen. Es wurde serviert. Christopher hatte sich ein Steak mit Beilagen bestellt. Sein Teller erreichte ihn und ganz unbewusst war auf seinem Gesicht, nicht für jedermann aber für seine Frau wohl deutlich genug, eine Reaktion zu bemerken. „Na, die Portion scheint dir aber zu klein, oder?" war seine Frau Tamara um ihn bemüht. Doch Christopher wollte kein großes Aufheben um sich und seine Portion. Doch zu spät. Tamara ließ nicht locker. Sie sprach deutlich wahrnehmbar über den großen Appetit ihres Mannes und der doch übersichtlichen Portion auf dessen Teller. Christopher wurde die Sache unangenehm. Er flüsterte und murmelte dann immer nur. In solchen Situationen, beispielsweise in der Schlange an einer Kasse im Supermarkt, flüsterte und murmelte Christopher meist auch nur. Es war ihm einfach zuwider, seine Unterhaltungen vor Fremden auszubreiten. Er verabscheute es. Gleiches galt für Ärztewartezimmer.

Wie konnten sich Menschen dort nur so laut unterhalten, dass alle Welt mithören musste, worum es ging?
Christophers Blick suchte seine Schwiegermutter, die Gastgeberin. Hatte sie von der zu kleinen Portion auch schon Wind bekommen? Sie war in ein Gespräch mit der Wirtin vertieft. Sie kannte die Wirtin auch privat. Man duzte sich. Es gab also eigentlich keinen Grund anzunehmen, dass diese Unterhaltung mit ihm zu tun haben könnte. Oder etwa doch? Die Wirtin nickte der Gastgeberin zu und schien nun auf Christophers Platz zuzusteuern. Hatte Christophers Gefühl ihn doch nicht getrogen? Instinktiv erkennen Menschen meist, wenn andere über sie sprechen. In der Jugend sind es wohl die Vertreter des anderen Geschlechtes, so man an ihnen vorbeigeht, die durch Getuschel und Gekicher stets den Eindruck erwecken, als sprächen sie über den Vorbeigehenden. In dem Vorbeigehenden bleibt wiederum meist das Gefühl haften, es würde gerade kräftig gelästert. Und wird man älter, geht an einer Gruppe von Jugendlichen vorbei und nimmt dieses Lachen wahr...man kennt dieses Gefühl nur zu gut.
Die Wirtin ging an Christopher vorbei und verließ den Saal. Glück gehabt dachte er. Es schien alles im Lot. Die raue See der zu kleinen Portionen glättete sich wieder. Ein Gefühl der Ruhe breitete sich aus. Smalltalk links, Smalltalk rechts. Alles verlief wieder in geordneten Bahnen. Bis...ja bis urplötzlich doch die Wirtin hinter Christopher auftauchte und ihn fragte, ob es richtig sei, dass er noch einmal die gleiche Portion zusätzlich wollte. Die anderen Gäste, wie er selbst auch, aßen bereits. Eine neue, zusätzliche Portion würde sicherlich dauern, dachte Christopher. Dann würde man ihm vielleicht, wenn alle anderen

schon mit ihrem Essen fertig wären, diese Portion reichen. Alle würden plötzlich davon Notiz nehmen können. Nein, auf keinen Fall dachte er und spielte die Sache mit den Worten: „Nein, nein... das ist überhaupt nicht nötig...alles kein Problem", herunter. Nur nicht auffallen galt immer noch als oberste Devise.

Der Abend plätscherte weiter dahin. Man aß. Man näherte sich dem Ende des Hauptganges. Da erhob sich die Gastgeberin. Sie ging einige Schritte und erreichte Christophers Platz, neigte sich vor und sprach leise zu ihm: „Du bekommst gleich noch eine Portion. Deine war wohl ein wenig klein ausgefallen." „Gar nicht nötig", erwiderte Christopher und „Alles gut. Hab ich auch der Wirtin gesagt. Sie braucht mir keinen zweiten Hauptgang zu servieren." Doch anstatt, dass diese Worte wie ein wohltuender Balsam auf geschundene Gastgeberqualitäten wirkte, stellte sich eine leichte Zornesröte im Gesicht der Schwiegermutter ein. Und der Zufall trieb ihr auch den Anlass ihres Zornes in Form der Wirtin vor die Flinte, die gerade wieder den Saal betrat, möglicherweise um sich zu erkundigen, ob alles in Ordnung wäre. Doch anstelle des üblichen Lobes gab es den Ausbruch eines Vulkanes. Vor der versammelten Gästeschar wurde die Wirtin gemaßregelt. Wie sie es sich erlauben könne, die Extrabestellung der Gastgeberin zu hinterfragen. Diese Extrabestellung war ein Auftrag und dieser sei auszuführen, ohne Wenn und Aber. Schließlich wäre die Portion ihres Schwiegersohnes auch recht klein ausgefallen. Und spätestens jetzt stand Christopher vollends im Mittelpunkt. Seine Entscheidung, auf Nachfrage eine zweite Portion abzubestellen, erwies sich als gänzlich falsch. Alle Gäste waren nun Zeugen dieses Vulkanausbruches geworden. Und noch schlimmer. Plötzlich hatten alle Mitleid mit dem armen hungrigen Schwiegersohn. Jeder kramte mit der Gabel auf seinem Teller und fand noch ein Stückchen übriggebliebenes Fleisch: Flugente, Medaillons, Braten... Ein nicht enden wollender Strom von Resten floss in Richtung Christopher. Sein Vorhaben um keinen Preis aufzufallen, war bitter gescheitert.

Thorsten Schönberg

Bei Mutter Bond zum Kaffee

Stellen wir uns einmal folgendes Szenario vor: Ein sonntäglich nachmittags gedeckter Wohnzimmer-tisch. Selbstgebackener Kuchen und duftend frisch aufgebrühter Kaffee warten samt der Mutter auf den erfolgreichen Sohn, der viel zu selten aber, endlich doch zu Besuch erscheint. Man plaudert...

„Und James, was gibt es Neues von der Arbeit zu er-zählen. Macht`s denn noch Spaß?"

„Mutter, Du weißt doch, dass ich über meine Arbeit nicht sprechen darf."

„Ach komm schon Junge, Deiner Mutter wirst Du doch noch was erzählen dürfen."

„Nein Mutter...alles streng geheim."

Die Mutter nimmt den Teller ihres Sohnes James, füllt ihm ein zweites Stück Kuchen nach, denn der Junge wirkt viel zu mager. Sie schenkt auch noch einmal seine Kaffeetasse voll, drapiert einen Klecks Sahne auf dem Puffer und hakt nach...

„Über Deinen Auftrag brauchst du mir ja nichts zu erzählen. Aber wenigstens wohin es geht, kannst Du mir doch verraten."

„Okay, damit du endlich Ruhe gibst: es geht nach Russland."

„Nach Russland! Junge da ist es immer furchtbar kalt. Ich habe noch die langen Unterhosen von Deinem, Gott hab ihn selig, Vater. Die solltest Du unbedingt mitnehmen."

Thorsten Schönberg

Die eierlegende Wollmilchsau

Jeder von uns hat den Spruch schon eine Million Mal gehört und nicht weiter darüber nachgegrübelt. Doch was wäre, wenn wir einmal weiter darüber nachdenken würden? Zu welchem Ergebnis würde dies führen? Der Spruch, der den Eingangsüberlegungen zu Grunde liegt, lautet: Seine Familie kann man sich nicht aussuchen!

Schade, aber: Was wäre wenn? Wenn wir uns unsere Familie aussuchen könnten? Ein ganz banales Beispiel: Wir brauchen einen Sperrmülltermin! Ah, kein Problem. Onkel Erwin sitzt nämlich in der Stadtverwaltung, den rufe ich gleich mal an. Oder mein Wohnzimmer soll tapeziert werden, und glücklicherweise ist mein über alles geliebter Cousin, zumindest für die Dauer der Renovierung geliebter Cousin, Maler von Beruf. Ja, das brächte was...sich die Familie aussuchen zu können. Stellen wir uns vor, wir müssten eine dunkle, unheimliche Gasse spät nachts zu Fuß durchqueren. Wäre es da nicht von Vorteil, wir wären das Nesthäkchen, der über alles behütet und stets begleitete kleine Bruder von Vladimir und Vitali Klitschko? Diese Liste lässt sich noch weiterspinnen. Wir haben Ärger mit zu lauten Nachbarn...kein Problem, mein Neffe ist ein kuttentragender Rocker und klingelt mir seinen Freunden mal freundlich bei diesem Nachbarn.

Könnten wir uns also die Familie aussuchen, zumindest einen Verwandten, so könnte dies sicher mit erheblichen Vorteilen verbunden sein. Und wäre es möglich, sich ein Familienmitglied nach Wahl zu wünschen, zu basteln, wie sähe unser Wunschkandidat aus? Es müsste wohl eine Sagengestalt wie die eierlegende Wollmilchsau sein, ein Bausatz. Vielleicht so etwas wie: Ein Arzt, verbeamtet, vorzugsweise Steuerbehörde, mit Kampfsportausbildung und Hang zur Poesie, geschickt im Umgang mit Senioren und ebenso mit Motoren. Oder doch lieber ein im Ruhestand befindlicher Handwerksmeister, seines Zeichens sowohl kuttentragender, messerschwingender Rocker als auch sternedekorierter Hobbykoch mit Tagesmutterausbildung? Oder wie sähe dein Wunschkandidat aus?

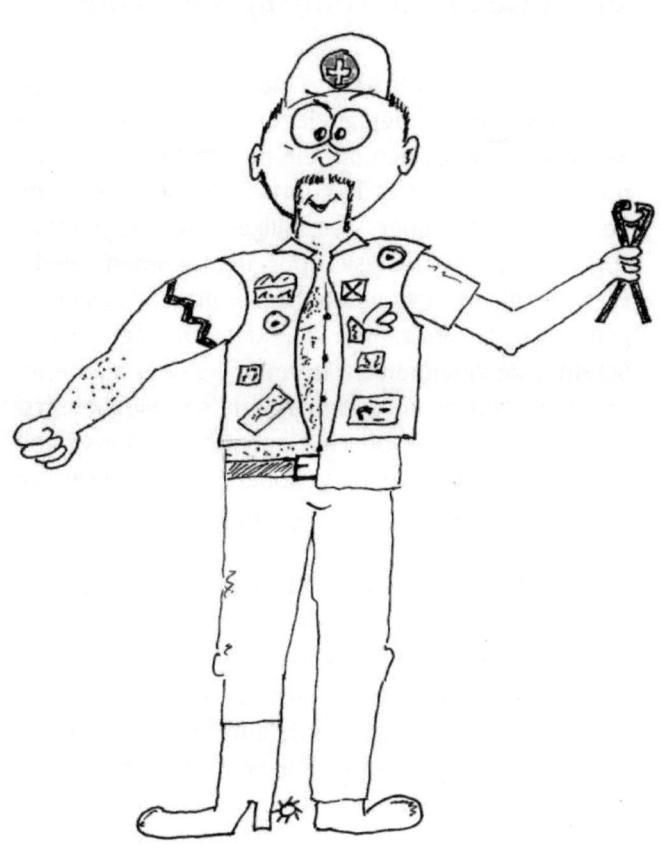

Thorsten Schönberg

Die beste Erinnerungsapp der Welt

Im heutigen Zeitalter hilft so manche nützliche digitale Errungenschaft der geplagten Menschheit. Jedes Telefon, sofern es sich um ein modernes Handy oder noch präziser ausgedrückt um ein Smartphone handelt, verfügt über unzählige Hilfsprogramme, sogenannte Apps. Diese Apps übernehmen allerlei Dienste, die ansonsten dem Nutzer dieser Apps obliegen würden. Sie zählen die Kalorien oder unsere Schritte, sie erkennen Lieder im Radio oder aber erinnern den Nutzer an wichtige Termine, wie Geburts- oder Hochzeitstage. Und wie hat sich die Menschheit vor der Smartphoneära geholfen, wie an wichtige oder unwichtige Geburtstage oder Konfirmationen erinnert?

Ich hatte für solche Fälle den Kalender meiner Mutter. Jeden Jahresanfang setzte sich meine Mutter mit dem neuen Kalender in ihre Küche und trug akribisch jeden Geburtstag, Hochzeitstag oder sonstigen wichtigen (und unwichtigen) familiären Termin ein. Wenn man also wissen wollte, welche Termine demnächst auf dem Plan standen, weil man nicht mehr genau wusste, an welchem Tag beispielsweise Onkel Robert Geburtstag hatte, schaute man nicht auf sein Smartphone, sondern rief bei Muttern an und fragte nach. Und wenn man sowieso bei Muttern zu Besuch war, warf man schnell in der Küche noch einen forschenden Blick auf ihren an der Wand hängenden Kalender, um für die nächste Zeitspanne voll im Bilde zu sein.

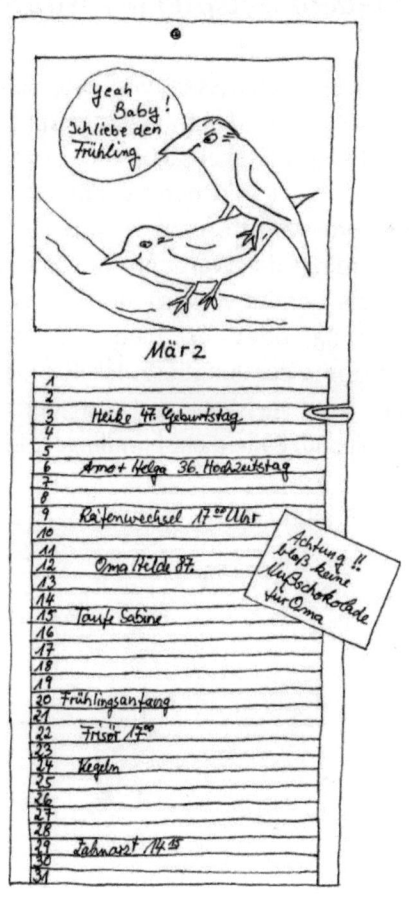

März

1	
2	
3	Heike 47. Geburtstag
4	
5	
6	Arno + Helga 36. Hochzeitstag
7	
8	
9	Reifenwechsel 17⁰⁰ Uhr
10	
11	
12	Oma Hilde 87.
13	
14	
15	Taufe Sabine
16	
17	
18	
19	
20	Frühlingsanfang
21	
22	Friseur 15⁰⁰
23	
24	Kegeln
25	
26	
27	
28	
29	Zahnarzt 14¹⁵
30	
31	

Achtung !! bloß keine Nußschokolade für Oma

Thorsten Schönberg

Nicht jedem Beispiel der Natur folgen

In einer Wissenschaftssendung habe ich vor kurzem einen interessanten Fakt aufgeschnappt. Dort wurde dem Zuschauer nahegebracht, dass sowohl bei Hamstern als auch bei Kaninchen der Kot der Elterntiere an die Jungtiere verfüttert wird. Noch ist der Wissenschaft allerdings das Warum nicht ganz klar. Entweder es dient als bereits vorverdaute, leichter bekömmliche Nahrung oder es dient zur Stärkung des Immunsystems der Jungtiere. Ich für meinen Teil bin jedenfalls froh, dass meine Eltern dem Beispiel der Natur in diesem Falle nicht blindlings folgten...

Thorsten Schönberg

Reserviert

Wenn meine Frau und ich einer Einladung innerhalb
der Familie folgen, so ergibt sich eigentlich immer das
gleiche Szenario: Wir, also meine Gattin und ich, ge-
hören innerhalb des Familienclans ganz sicher zu den
pünktlichsten. Aus diesem Grund erscheinen wir fast
regelmäßig als erste auf anstehenden Geburtstagsfei-
ern oder sonstigen Festen, die von den zu
befeiernden Angehörigen selbst ausgerichtet und in
deren eigenen vier Wänden stattfinden. Noch niemals wurde von den Festveranstaltern dort
irgendeine Sitzordnung festgelegt, die beispielsweise
in Form von Tischkärtchen oder Ähnlichem den ein-
treffenden Gästen vorschreiben würde, wo diese zu
sitzen hätten. Und doch, obwohl keine Plätze speziell
angeboten werden, quasi wie von Geisterhand geführt, sitzt jeder Gast, auch im darauffolgenden Jahr
und in dem Jahr danach wieder, auf demselben Stuhl
am selben Ende der Tafel wie eh und je. Es ist fast wie
eine unausgesprochene Platzreservierung, der die
Gäste stetig Folge leisten und über die sich scheinbar
niemand hinweg*setzen* möchte.

Thorsten Schönberg

Mütter

Gibt man in die Suchmaschine den Begriff Mutter ein, so wird das komplette Problem erst sichtbar. Denn Suchmaschinen vervollständigen eigenständig eine gestellte Suchanfrage. Ein Beispiel: Wir geben das Wort Katze ein. Was schlägt uns das Suchprogramm als Vervollständigung vor?
1. Katzen
2. Katzenberger
3. Katzenbabys
4. Katzennamen

Alles völlig zu erwartende Vorschläge, meine ich.
Ein weiteres Beispiel: Wir tippen das Wort Vater ein.
Was oder wie wird wohl vervollständigt?
1. Vatertag 2016...Mann muss ja wissen, wann mit den Vorbereitungen zur Sauftour begonnen werden muss.
2. Vatertag... eine Erklärung, damit Mann weiß, warum man ihn feiert?
3. Vater...nichts weiter als Ergänzung, selbsterklärend. Übrigens erscheint auch bei der Suchanfrage nach Gott an der dritten Stelle ganz einfach die Wiederholung: Gott! Gibt es da etwa irgendwelche Parallelen zu entdecken?
4. Vater unser...womöglich eine Anleitung für alle Väter, die ein Gebet Richtung ihres Verbündeten senden wollen, damit sie nach ihrer Sauftour wieder sanften Einlass in den Schoß der Familie finden.

Und was nun erwartet den Suchenden als Vervollständigungsvorschläge bei dem Sucheintrag:

Mutter!

Etwa solche tollen Begriffe wie Mutterliebe oder Mutterinstinkt?

Weit gefehlt. Es erscheinen folgende vier Vervollstandigungen:

1. Muttertag 2016...damit Mutter weiß, an welchem Tag ihr vorgeheuchelt wird, sie wäre ein wahrer Schatz. Ein solcher Schatz, dass man immerhin einmal im Jahr bereit ist, ihr das Frühstück am Bett zu servieren. Den dazu gehörigen Abwasch kann Mutter ja in Ruhe am Tag darauf erledigen.

2. Mutter-Kind-Kur...ein Hinweis für alle werdenden Mütter, oder sich zumindest mit dem Gedanken ans Werden tragenden Frauen, damit sie gleich wissen, wohin die Reise gehen wird... Schmerzen, Entbehrungen, Kollaps, Kur.

3. Mutterschaftsgeld...damit es Mutter schwarz auf weiß vorliegen hat, wie lange und wie viel unserer Gesellschaft eine Mutterschaft wert ist.

4. Mutterschutzgesetz...damit Frau nachschlagen kann, welche Rechte ihr im Falle einer Mutterschaft eigentlich zustünden.

Ich meine alles in allem keine wirklich tolle Suchausbeute. Wenn ich zugrunde lege, dass solche Vervollständigungen durch das Auswerten der Suchanfragen zustande kommen. Der erste Vorschlag `Muttertag 2016` hat seinen Ursprung sicherlich von suchenden Kindern und Vätern, die einmal im Jahr ihr Gewissen beruhigen wollen. Die weiteren wie Mutter-Kind-Kur, Mutterschaftsgeld und Mutterschutzgesetz entspringen sicher den Nachfragen der Mütter selbst. Ich hätte mir eher Vervollständigungen wie: Mutter Theresa, Mutterliebe, Mutterinstinkt und Mutter Gottes gewünscht.

Thorsten Schönberg

Gartenzwerge gießt man nicht

Man kann sicherlich nicht behaupten, dass ich über einen grünen Daumen verfüge...ganz sicher nicht. An Verständnis für die Bedürfnisse der Pflanzenwelt mangelt es mir. Ein kleines Beispiel gefällig? Als mein Schwiegervater eine zweiwöchige Reise antrat, bat er mich, alle drei bis vier Tage mal seinen Briefkasten zu leeren und seine Pflanzen nach Bedarf zu gießen. Gut, wie oben bereits erwähnt, fehlt mir ein gewisses Grundverständnis der Flora gegenüber. Also woher sollte ich den Bedarf seiner Fensterbankschönheiten kennen? So handelte ich getreu dem Motto: Lieber zu viel als zu wenig! Dies hatte natürlich einige faulige Wurzeln als Konsequenz. Doch nicht nur dies. Darüber hinaus goss ich, was irgendwie einen pflanzlich-grünen Charakter aufwies. Das beinhaltete selbstverständlich auch zwei Plastikblumen. Wer kann schon solcherlei von echten Blumen unterscheiden? Ach so, sie meinen an der Plastikerde im Blumentopf wäre dies erkennbar gewesen...ja, hinterher sind wir alle schlauer! Aber wenigstens hat man es bei Plastikgewächsen nicht mit verfaulten Wurzeln zu tun. Sie sehen, ich mache also beim Gießen vor nichts halt. Ich würde sogar behaupten, trüge ein Gartenzwerg ein grünes Mützchen, ich würde auch ihn gießen, bis es ihm aus den Ohren wieder herausliefe. Ich wiederhole also noch einmal: Mit Pflanzen habe ich nichts am Hut!

Warum also in Gottes Namen nimmt meine Frau mich mit ins Gartencenter? Sie möchte eine neue Grünpflanze für die Fensterbank erwerben. Und ich soll als

Entscheidungshelfer fungieren. Meine Angetraute stöbert also umher, beäugt, tastet, vielleicht riecht sie auch an den potenziellen Kandidaten. Ich passe nicht wirklich auf, als sie mir zwei grüne Topfpflanzen entgegenstreckt und nach meiner Meinung verlangt: „Liebling, soll ich diese hier oder die andere nehmen. Was meinst du?" Ich sehe zwei, aus meiner Sicht beinahe identisch grüne und vom Wuchs her gleichartige Geschöpfe Gottes in den Händen meiner Frau. Ich versuche, ganz ähnlich wie es Hunde bei ihrem Herrchen zu tun pflegen, in ihrem Gesicht eine verräterische Geste, einen Wink zu erhaschen, welche Pflanze wohl bei meiner Frau in der Gunst vorne liegt. Und ich deute… zuerst den Gesichtsausdruck und dann auf den vermeintlichen Favoriten. „Ja, ähm, die hier…", verlassen Worte meine Lippen, von denen ich selbst nicht weiß, ob sie Frage oder Antwort sind. „Okay, aber bei dieser hier für neun Euro müsste ich noch einen Übertopf haben. Bei der anderen ist der Übertopf schon dabei. Die ist doch auch irgendwie schöner oder?", möchte sie wissen. „Ja, das finde ich auch. Die ist wirklich viel schöner", pflichte ich ihr bei. Und ein zufriedenes Lächeln stellt sich bei mir ein. Ich weiß, es ist eine ungemein egoistische Aussage von mir, doch so bleibt mir der Weg zu dem Gang mit den sechs Regalen voller Übertöpfe erspart. Und von Übertöpfen verstehe ich genauso viel wie von Grünpflanzen.

Thorsten Schönberg

Wie schnell vergehen bloß die Jahre

Um Einsamkeit nachhaltig wirksam zu lindern
sucht man einen Partner, versucht es mit Kindern.
Erweitert den Dunstkreis pro Jahr um drei Pfunde,
strebt selbst nach Zerstreuung durch Sport und zwei
Hunde.

Die Kinder, sie wachsen, dann Schule, studieren.
Entdecken die Welt um auszuprobieren.
Ein Wimpernschlag später sitzt auf deinem Schenkel
ein glucksender, kichernder, sabbernder Enkel.

Und eh man versieht sich, ist man selber greise
und hört schon den Sensenmann hinten ganz leise.
Man fragt sich dann schließlich, gefühlt nach Minuten,
wo sind bloß die Jahre, besonders die Guten?

Wem dies viel zu schnell geht, die Hektik, die Eile,
dem hilft dann gezielt selbst gewählt Langeweile.
Wer obendrein Einsamkeit wählt noch als Mittel
verlängert sein Leben gefühlt um zwei Drittel.

Thorsten Schönberg

Geschenkmaximierung

Wie man seine Ausbeute an Geschenken zu Weih-
nachten erheblich steigern kann.

Ab Herbst schon zeige ich mich fromm,
Beginn` zu inszenieren.
Was ich am Weihnachtstag bekomm`,
Lässt sich so maximieren.

Ich zeig` mich hilfsbereit, gewillt,
Rasiert, stets ohne Stoppeln,
Und zusätzlich für Oma gilt:
Besuchstage verdoppeln!

Ich täusche große Demut vor,
Bescheidenheit als Tugend.
Und flüstre Oma sanft ins Ohr:
„Wie schwer hat`s doch die Jugend…"

Soweit mein Rat für dieses Jahr.
Dies ist`s von mir gewesen.
Für Oma gilt, das ist wohl klar,
Sie darf dies niemals lesen.

Thorsten Schönberg

Nicht im Angebot

Ich befinde mich also mitten in der Arena und ahne so überhaupt nicht, dass ein Kampf angekündigt ist. Ein Kampf in der Arena der Fangfragen... Doch es ist ein ungleicher Kampf, der sich dort abzeichnet. Wird es am Ende gar ein sehr einseitiges Gemetzel?

Die Kontrahenten sind in der linken Ecke meine Freundin, ihres Zeichens eine wahre Meisterin in der Fangfragenkampfkunst. Ich hingegen kauere völlig arglos in der rechten Ecke. Es ist ein Kampf zwischen mir, dem auf einer Lichtung an einen Pfahl gebundenen scheuen Rehkitz, noch nicht ganz abgenabelt von der Mutter, dem noch der Glaube an das Gute im Nächsten zu eigen ist und einem in der Jagd erprobten, äußerst versierten Jaguar! Und wie es den Meistern vorbehalten ist, landen sie stets den ersten satten Treffer, der aus nicht erkennbarer Deckung heraus und überraschend mit gewaltiger Wucht einschlägt. Ein Treffer wie beispielsweise diese Frage: „Schatz, was wollen wir denn am Wochenende zu Mittag essen?"

Wäre ich nur ein wenig geübter, ich hätte es an dem Wort „Schatz" erkennen können. Ich gab einfach nicht genug Obacht auf ihre Betonungsmelodie, die darauf abzielte, mich zum Schafott zu führen. Ich lerne noch...Klar, hätte sie mich bei meinem Vornamen genannt, wäre es eindeutig.

„Also...ich wäre ja für Rouladen...lecker...schön mit ordentlich Soße. Dazu vielleicht zweierlei Gemüse, Rotkohl und Rosenkohl. Gurkensalat? Ja, Gurkensalat.

Und zum Nachtisch noch so einen leckeren Baumkuchenpudding." Ja, dachte ich, das ist doch mal ein fundierter Vorschlag von mir.

„Ach so, auch noch mit einem Baumkuchenpudding als Nachspeise. Ich glaube, dieses Wochenende wäre es schön, wenn du mal das Kochen übernimmst!"

Da war er also, der satte Treffer. Niederschlag trifft es sehr gut. Ich und kochen...eijeijei. Es ist nicht so, dass ich in irgendwelchen antiquierten Denkmustern verhaftet wäre. So getreu dem Motto: Frauen an den Herd!

Klar, ich bin dafür, dass Jungen blau und Mädchen rosa zugeordnet wird. Wäre auch blöd sonst. Urplötzlich, wäre es andersherum, würde sonst eine Menge rosa Porsche über die Autobahnen brettern. Oder die gute alte Arbeitslatzhose, der Blaumann, der wäre jetzt ein Rosamann... furchtbare Vorstellung. Hätte ich doch nur geahnt, wohin ihre Frage führen sollte, ich hätte es auf ein Gemüse beschränkt und auf Vanillepudding reduziert. Die Roulade hätte ich ersetzt durch grobe Bratwurst. Und die Kartoffeln sind schließlich auch nichts anderes als Pommes. Also quasi Pommes mit Bratwurst. Da fällt mir ein, ich habe noch Dinger von dem Schnelldingsbums. Genau, wenn ich es mir recht überlege, und ich dieses Wochenende für das Mittagessen verantwortlich sein soll, dann...hole ich einfach mit den Gutscheinen von MacDonalds zwei schicke Menüs zum Preis von einem. Rouladen sind schließlich gar nicht im Angebot diese Woche...

Gudrun Schultz-Pohlen

Das ist Glück!

Ob es Menschen auf dieser Welt gibt, die jemals in ihrem Leben so verliebt waren oder sind wie sie? Das fragt Leah sich von Zeit zu Zeit.
Sie ist eine Mid-agerin, als sie die große Liebe findet.
Leah hatte Benjamin im Netz auf einer der Partnerbörsen kennengelernt. Sie hatte sich schon vor Jahren von ihrem Mann getrennt. Ihre drei Kinder zog sie nun allein groß. Alles war seit der Trennung leichter, obwohl sie nun am Abend und an den Wochenenden keinen Mann mehr an ihrer Seite hatte, der ihr mal die Kinder abnehmen konnte. Seine Arbeit und seine damit verbundene Unzufriedenheit hatten aus Liebe Anstrengung werden lassen.
Kälte war ins Haus eingezogen.
Nach dem Auszug ihres Mannes konnte Leah wieder heimelige Wärme im Nest spüren. Sie blühte auf. Energie machte sich breit. Sie konnte plötzlich wieder die Welt aus den Angeln heben.
Für die Kinder war die Atmosphäre im Haus wieder rein, doch ihre Herzen hatten einen Riss bekommen. Aus war der Traum von der heilen Welt, von Mutter, Vater, Kind. Sie hofften, dass die Eltern sich wieder vertragen würden. Sie wollten sich nicht in all die zerrütteten Familienverhältnisse, die sie aus ihrem Umfeld kannten, einreihen. Dazu gehörte ihre Familie doch nicht. Das durfte nicht sein. War aber so!
Als Leah Benjamin traf, fand sie ihn im ersten Augen-

blick passabel. Nach stundenlangen Gesprächen und Strandwanderungen spürte sie, dass sie diesen Mann näher kennenlernen wollte. Plötzlich war da mehr.

In den folgenden Monaten begegneten sie sich, so oft es ihre Zeit zuließ. Leah erlebte Gefühle, die verschüttet waren, eingemottet sozusagen.

Vorsichtig und erst nach Monaten sollten die Kinder von der Beziehung erfahren. Leah wollte vermeiden, dass die Jugendlichen sich überrumpelt fühlten oder dass sie dachten, ihnen werde ein neuer Papa vorgesetzt. Die Mutter wollte sich sicher sein, dass der neue Partner keine „Eintagsfliege" war.

Mittlerweile hatte sie gespürt, dass sie Benjamin trauen konnte.

Er wirkt so wahrhaftig, fast rein auf sie. Mit ihm an ihrer Seite, das ist ihr Wunsch.

Es klingt ein bisschen wie „Ein Leben in Bullerbü". Das ist Glück.

Natürlich waren ihre Kinder skeptisch. Leah hatte ihnen gesagt, sie müssten Benjamin nicht mögen. Er werde auch nicht zu ihnen ziehen. Er gehöre jetzt aber ins Leben der Mutter. Sie bat ihre Kinder, dass sie Benjamin mit Respekt begegnen sollten. Wie sich herausstellte, schlossen alle drei den neuen Partner der Mutter in ihr Herz. Die Beziehung zu ihrem Vater wurde dadurch nicht gestört.

Benjamin geht vorsichtig, fast behutsam mit ihnen um. Er maßregelt sie nicht, wenn er zu Besuch ist. Er hat keine Vaterpflichten, aber auch keine Vaterrechte. Wenn ihn etwas stört, spricht er mit Leah allein darüber.

Besser kann es nicht laufen.

Auch der Rest der Familie und Leahs Freunde und Freundinnen nehmen Benjamin in ihre Mitte, beziehen ihn wie selbstverständlich in alle Feste mit ein.

Exmann und neuer Partner können sich zu Beginn immer wieder aufs Neue überlegen, ob sie sich begegnen wollen. Sie wissen, dass sie beide eingeladen werden.

Schon nach einem Jahr sitzen beide Männer gemeinsam an einer Kaffeetafel bei einem der vielen Familienfeste und unterhalten sich. Das Eis ist gebrochen. Alle Beteiligten, besonders die Kinder, entspannen sich immer mehr bei gemeinsamen Begegnungen.

Leah fühlt sich beschenkt.

Jetzt kennen Benjamin und sie sich seit sieben Jahren. Die Verliebtheit ist immer noch da. Die Liebe geht jedoch tiefer. Der Einzelkämpferin, wie Leah sich in ihrem Leben in der Vergangenheit fühlte, ist ein „WIR" angeboten worden. Sie hat es mit beiden Händen ergriffen. Mit jeder Faser ihres Körpers spürt sie die Verbundenheit zu ihm. Leichtigkeit und Wärme ziehen sich durch ihren Alltag, wie Sonnenstrahlen, die deine Haut erwärmen, wie Federn im Sommerwind.

Aussagen, die Leah seit Jahren aufsaugt wie ein Schwamm, kommen über Benjamins Lippen:

„Ich reich` dir die Wäsche an, während du sie aufhängst! Dann können wir gleich zusammen anfangen zu lesen."

„Lass dir ruhig Zeit im Bad, ich mach` schon mal Frühstück."

„Ich bin auf dem Weg zu dir. Soll ich noch was mitbringen?"

„Ich freue mich auf heute Abend, auf DICH!"

Benjamin wird nicht müde, ihr seine Liebe zu zeigen. Sie wusste gar nicht, dass Beziehungen so einfühlsam und wertschätzend gelebt werden können. Und das nun schon über sieben Jahre.

Benjamin und Leah unterstützen sich, wo sie können. Er werkelt mit ihr im Haus und Garten.

Sie hilft ihm bei seiner Gartenarbeit, mäht vierzehntägig den Rasen, hilft bei Textkorrekturen, bei der Ausarbeitung von Mietverträgen, bei problematischen Kundengesprächen.

Ein Geben und Nehmen, ohne aufrechnen zu müssen. Gibt es jemanden auf dieser Welt, der das auch erlebt?

Leah könnte schreien vor Glück.

In den vergangenen Jahren sehen sie sich immer an den Wochenenden, Werktags wenn Feiern anstehen oder wenn einer sich spontan auf den Weg zum anderen macht. Leah verbringt die eine oder andere Mittagspause bei ihm. Dann fährt sie einfach in den Nachbarort, geht von hinten durch die Küche:

„Na, wer kommt denn da? Was für eine Überraschung", ruft Benjamin in solchen Fällen, drückt ihr einen Kuss auf den Mund, umarmt sie und wiegt mit ihr hin und her.

„Dass er sich immer noch so freut, wie vor Jahren", geht es Leah durch den Kopf. „Er fühlt wie ich!"

„Am Samstag muss ich leider den ganzen Tag arbeiten. Komm mal mit, ich zeig` dir, womit ich mich gerade beschäftige", sagt Benjamin, während er ihre Hand ergreift und mit ihr durch die Räume geht.

Überall erkennt Leah Reparaturaufträge.

„Wie schaffst du es nur, bei der vielen Arbeit immer so gut drauf zu sein?", bewundert sie ihn.

„Weil ich dich an meiner Seite habe", sprudelt es prompt aus ihm hervor.

Das ist Glück!

In letzter Zeit muss Benjamin öfter sowohl samstags, als auch sonntags arbeiten.

„Wollen wir Samstagabend zusammen kochen? Ich

besorge dann alles auf meinem Weg zu dir. Abgemacht?", fragt er sie nun.

„Zusammen kochen, ja! Einkaufen erledige ich! Ich habe doch viel mehr Zeit als du", antwortet Leah.

„Vielleicht können wir anschließend noch spazieren gehen", schlägt er vor.

„Dann hoffen wir mal auf trockenes Wetter", meint Leah und verabschiedet sich von ihrem Schatz.

Beide freuen sich auf ihre gemeinsame Zeit am Wochenende.

So eine Mittagspause vergeht immer viel zu schnell.

Sie ist eine Energietankstelle für Leah.

Durch die anfallenden Aufgaben, sehen die Zwei sich zurzeit immer seltener. Viele Aufträge sollen bis zum kommenden Sommer erledigt sein.

„In einer Partnerschaft müssen auch solche Durststrecken überwunden werden", denkt Leah wehmütig.

Glücklicherweise sind ihre gemeinsamen Stunden so intensiv wie zu Beginn ihrer Beziehung.

Sehnsüchtig wartet sie auf den nahenden Sommer. Endlich wieder mehr Zeit miteinander verbringen, kleine Wochenendtrips unternehmen und Pläne schmieden. Das Zusammenziehen steht vor der Tür. In wenigen Monaten zieht der Jüngste aus.

Ein neuer Lebensabschnitt wird für alle beginnen. Dass Leah das erleben darf, erfüllt sie mit Zufriedenheit.

Alle in Leahs Umfeld freuen sich darüber, dass sie seit Jahren mit Benjamin zusammen ist. Einige sind vielleicht sogar ein wenig neidisch. Es ist ja nicht allen vergönnt, ein erfülltes, gesundes, glückliches Leben genießen zu können.

An diesem Samstagnachmittag trifft Leah sich mit ihrer Freundin im Biergarten.

„Wie schön, dass wir uns in letzter Zeit auch an den Wochenenden treffen können", begrüßt Sarah ihre Freundin Leah.

„Hallo! Ja, und dann haben wir auch noch Sonnenschein", antwortet Leah und umarmt die Freundin herzlich.

Es scheint, als strahle Leah mit der Sonne um die Wette.

Die Freundinnen quatschen, lachen, tratschen. Der Rotwein am späten Nachmittag trägt mit Sicherheit dazu bei, dass sie sich noch ausgelassener fühlen als sonst.

„Entschuldige bitte, bin gleich wieder da", sagt Leah unvermittelt und steht auf.

Sie nimmt ihr gefülltes Rotweinglas, geht an Sarah vorbei und bleibt vor einem Tisch stehen, an dem sich ein verliebtes Pärchen leidenschaftlich küsst.

Der Mann schaut auf. Benjamin kneift die Augen zusammen und bekommt schon die volle Ladung Rotwein auf Gesicht, Haar und Hemd.

Leah hat gut getroffen.

„Ist das Glück?

Gudrun Schultz-Pohlen

Unterstützung

„So ein Schietwetter!", murmelt Bine, als sie in Fuhlsbüttel in ihren Leihwagen steigt.

Sie war bei strahlendem Sonnenschein am Morgen in Toronto ins Flugzeug gestiegen. In Ontario war das Wetter beständiger. Die Winter waren lang, es gab keinen Frühling. Der Übergang zwischen der kalten Jahreszeit und dem Sommer war meist abrupt. Urplötzlich wurde es warm. Die Sommer waren mild, manchmal sogar heiß. In Toronto hatte sie den Frühling immer vermisst. Das erste Grün, das in den unterschiedlichsten Schattierungen immer mehr Raum einnimmt. Die Braun- und Grautöne, die mehr und mehr dem Grün Platz machen müssen. Alle Frühlingsblumen, die Farbkleckse in die Natur streuen.

Bestimmt leuchtet der Garten ihrer Mutter wieder mit der Sonne um die Wette, hoffte Bine vorgestern, als sie gedankenversunken ihre Koffer packte.

Nun prasselt der Regen auf die Windschutzscheibe, der Scheibenwischer ächzt, als wolle er sagen:

„Fünf Minuten halte ich noch durch, dann könnt ihr mich alle mal...! Ich bin doch nicht ins Auto installiert worden, um Tag ein Tag aus zu arbeiten! Wochenlang!"

Norddeutschland hat mich wieder, denkt Bine.

Sie lehnt sich ein wenig vor, kneift die Augen zusammen, als könne sie so besser durch die Regenwand sehen.

Quietsch...Quietsch...

„Ich hoffe, der blöde Scheibenwischer macht nicht schlapp. Wozu hat man ihn eingebaut, wenn er Wolkenbrüchen nicht standhalten kann. Verfluchte Technik", murmelt die Auswanderin.

Die A7 gen Norden ist voll. Genauso hatte sie die Nord-Süd-Achse Deutschlands von Flensburg bis Kempten in Erinnerung. Gen Süden Stau ab Quickborn, gen Norden Stau in Stellingen und Schnelsen. Nun soll die Autobahn ja ausgebaut werden. Es kann danach nur besser werden. Bine erinnert sich, dass sie sich von der restlichen Welt Richtung Süden abgeschnitten fühlte, als sie noch in Schleswig-Holstein lebte. Mal eben nach Hamburg fahren? Pustekuchen! Einen Tagesausflug nach Lüneburg unternehmen? War gar nicht dran zu denken. Bine überlegte es sich immer hundertmal, ob sie die Route nehmen sollte. Nicht selten kam es vor, dass sie statt einer Stunde zwei Stunden brauchte, wenn sie ein Ziel in der Hansestadt oder drum herum erreichen wollte. Dabei sind Hamburg und Lüneburg so schöne Städte, die sie gern öfter besucht hätte. So zog es die junge Frau immer eher gen Norden, wenn sie Ausflüge oder Urlaub machte. Eckernförde und Flensburg an der Ostsee, Sankt Peter Ording an der Nordsee. Das waren ihre favorisierten Plätze gewesen. Oder es ging an die Ostsee Richtung Rügen und Usedom. Lang, lang ist es her.

Während Bine sich dem Schneckentempo auf der A7 anpasst, stöpselt sie sich Kopfhörer ins Ohr, schließt ihr Smartphone an und wählt die Telefonnummer. Dieselbe, die sie schon als Kind ihren Schulfreundinnen nannte.

„Hansen", ertönt nach nur einem Klingelzeichen die zarte Stimme ihrer Mutter.

„Hallo Mutti, ich bin`s Bine. Ich..."

„Bine", schreit die Mutter erregt ins Telefon, „bist du schon gelandet?"

„Ich...“

„Wo bist du?“

„Ich...“

„Wie geht`s dir, meine Kleine?“

„Mutti...“

„Du meine Güte, dass ich das noch erleben darf! Kind, bist du noch dran? Du sagst ja gar nichts?“

„Mutti, ich bin schon auf der Autobahn. In einer Stunde könnte ich bei dir sein. Geht`s dir gut?“

„Ja, mir geht`s gut. Jetzt wo du kommst. Fahr vorsichtig, Kind. Ich bin ganz aufgeregt!“

„Ich freue mich auch. Bis gleich! Tschüss Mutti!“

„Fahr bloß vorsichtig. Tschüüß, bis gleich meine Süße!“

Nach gefühlt einer halben Ewigkeit und Unmengen von Regenwasser biegt Bine in den Forstweg ein. Zehn Jahre sind vergangen. Zehn Jahre, in denen sich technisch und auch in ihrem Privatleben viel verändert hat. Smartphone, Tablet, Blue Tooth, Smartes Heim. Ihr Mann und sie haben sich ein kleineres Haus am Meer gekauft. Ihre Zwillinge sind ausgezogen und arbeiten zufrieden in ihren Handwerksberufen.

Hier ist die Zeit stehen geblieben. Die roten Backsteinhäuser stehen immer noch unverändert an der Sackgasse. Müde sehen sie aus, als würden sie ihre Schultern hängen lassen, schwer geworden von der Last des täglichen Einerleis und vom gerade ertragenen Wolkenbruch. Müde geworden vom Alter.

„Ding, dong!“

Dieselbe Klingel wie vor vierzig Jahren. Herzklopfen vor und hinter der Tür. Langsam nähert sich ihre Mutter dem Eingang. Verschwommen kann Bine die Frau im Haus durch das Milchglas der Tür ausmachen.

Mutter und Tochter umarmen sich, als wollten sie sich nie wieder loslassen, sagen nichts. Tränen rollen beiden Frauen über die Wangen. Vertraute Düfte und Gerüche.

„Ach, meine Kleine! Bist du endlich wieder da!"

„Na, Mutti. Lass dich mal anschauen", sagt die Tochter nach einer Ewigkeit, hält ihre kleine Mutter in Armeslänge von sich und mustert sie von Kopf bis Fuß.

„Was sagst du, Bine, bin ich alt geworden?
Ich werde immerhin schon 80."

„Mutti, du siehst noch genauso aus, wie beim letzten Mal. Wie machst du das bloß", schwindelt Bine lächelnd.

Arm in Arm schlendern die Frauen in die Küche. Die Mutter macht kleine Schritte.

„Kochst du den Tee, Süße? Ich muss noch mal was holen", bittet die alte Frau und schlurft ins Wohnzimmer.

Die Tochter schaut sich in der kleinen Wohnküche um, entdeckt den Wasserkocher an der Stelle, wo sie ihn vermutete, setzt Wasser auf und öffnet die Schranktür eines Oberschrankes. Ein Zettel mit großen Druckbuchstaben klebt an einem Behälter.

‚TEEDOSE' liest Bine. Sie greift danach, bereitet den Tee zu, stellt die Dose zurück und verschwindet nach nebenan.

„Bin kurz im Bad!" Beim Händewaschen entdeckt sie auf dem Glasregal einen Zahnputzbecher samt Inhalt, daneben klebt ein Zettel mit Großbuchstaben: ‚ZAHNBÜRSTE' steht drauf. Gedankenversunken trocknet sie sich ihre Hände ab und hätte fast das Papier mit der Aufschrift ‚HÄNDETUCH' übersehen.

Hinter Bine liegen auf einer Kommode, wie schon damals, alle Utensilien für die Haarpflege. Auch hier klebt ein Zettel mit unübersehbarer Schrift: ‚HAARBÜRSTE', liest die Tochter.

Sie ahnt Böses. Ist die Mutter dement. Warum hat ihr das niemand gesagt? Mit keiner Silbe hatten ihr Bruder oder ihre Schwester eine Erkrankung ihrer Mutter erwähnt. Man hätte sie doch vorbereiten müssen. Bines Herz beginnt laut zu schlagen. Gedanken kreisen wie Flieger in ihrem Kopf. Sie setzt sich auf die Badewanne, umklammert dabei den Rand mit beiden Händen und spürt einen Zettel an der Außenkante ihres Handgelenks.

‚HAARSHAMPOO', entziffert sie die Schrift des Zettels auf der Plastikflasche.

„Oh, mein Gott", entfährt es ihr. Sie hält sich vor Schreck die Hand an den Mund.

„Alles ok?", ruft ihre Mutter ins Bad.

„Ja, ja, bin gleich fertig!", stammelt Bine.

So, als wäre nichts geschehen, stolpert Bine zurück in die Küche. In ihr wirbeln Turbulenzen wie auf dem Hinflug. Sie weiß nichts über Demenz, oder so gut wie nichts. Muss sie etwas im Umgang mit ihrer Mutter beachten? Warum hat man ihr bloß nichts gesagt. Sie fühlt sich hilflos, unsicher und gestrandet wie in einem unbekannten Land mit einer Sprache, der sie nicht mächtig ist. Bine ist verzagt.

Die alte Dame hat derweil Teetassen aufgedeckt und fuchtelt in gebückter Haltung an der Backofentür herum, kommt dann langsam in die Aufrechte und strahlt ihre Tochter an.

„Na, meine Süße, du siehst müde aus. Willst du dich gleich mal aufs Sofa legen, wie früher, wenn du aus der Schule kamst? Erzählen können wir später."

„Ja, mach ich gern. Gleich nach dem Tee."

Kann die Mutter sich hier noch allein versorgen? Findet sie sich im Haus und draußen noch zurecht? Schafft sie die Einkäufe noch? Wer steht ihr alltäglich zur Seite? Seit wann braucht sie diese Erinnerungshilfen?

Bine kann sich gar nicht beruhigen. Nun entdeckt sie das Zettelchen an einem der Herdknöpfe mit dem Wort ‚BACKOFEN'.

Bemerkt ihre Mutter, dass ihre Tochter sich sorgt, oder schiebt sie Bines Wortkargheit auf den anstrengenden Reisetag?

Jedenfalls sagt die fast Achtzigjährige nichts, sondern sitzt selbst stumm am Küchentisch.

Das Wiedersehen hatte Bine sich anders vorgestellt.

Bei der letzten Ankunft hatte die Tochter erzählt und erzählt, während die Mutter am Herd gestanden und die köstlichsten Sachen zubereitet hatte. Nun war gar nichts zu essen vorbereitet. Die Mutter kann also nicht mehr kochen, schlussfolgert Bine. Wie traurig. Auch löcherte die Mutter die Tochter vor zehn Jahren mit Fragen.

Wie geht`s den Kindern? Wissen die Racker schon, was sie mal beruflich machen wollen? Wie geht's deinem Mann? Bist du eigentlich glücklich?

Heute nichts. Wo sind ihre Fragen geblieben?

„Weißt du, dass ich als junges Mädchen `mal beim Frühlingsball den ersten Platz im Walzertanzen belegt habe", hört sie ihre Mutter sagen.

„Nein, erzähl doch mal", fordert Bine auf. Während sie die Stimme ihrer Mutter in weiter Ferne wahrnimmt, erhärtet sich ihr Verdacht bezüglich der Demenz. Die Tochter hatte mal gelesen, dass ältere Leute durch die Erkrankung mehr in ihrer Vergangenheit lebten, als in der Gegenwart und dass sie sich oft nicht an Ereignisse erinnerten, die erst vor kurzem geschahen. Am liebsten würde die Tochter jetzt mit ihrem Smartphone im Internet surfen, um alles über Altersdemenz oder Alzheimer zu erfahren, um mehr Sicherheit im Umgang mit ihrer Mutter zu erlangen.

„Wo habe ich eigentlich mein Portemonnaie hinge-legt?", fragt die Mutter plötzlich und steht unvermittelt auf.

„Ich helfe dir beim Suchen, und wenn wir es gefunden haben, lege ich mich auf die Couch. Ich bin so müde", meint Bine und tätschelt ihrer Mutter mitleidig den Rücken.

Im Flur entdeckt Bine einen Zettel neben einem Mini-regal mit der Aufschrift ‚SCHLÜSSELBORD', im Wohnzimmer liest sie ‚GLÄSERSCHRANK' und ‚FUß-BÄNKCHEN'.

Wird ihre Mutter all diese Gegenstände sonst zweck-entfremden?", fragt Bine sich.

Mutter und Tochter können den gesuchten Gegen-stand nicht finden. Bine legt sich aufs Sofa, deckt sich zu und würde sich am liebsten die Decke über den Kopf ziehen, getreu dem Motto:

Ich sehe nichts! Ich höre nichts! Ich sage nichts!

Was gäbe sie, wenn sie ihre „alte" Mutter wiederhät-te. Es gibt noch so vieles, was sie mit ihr teilen oder von ihr wissen möchte. Zu spät, Bine ist zu spät!

Sie versucht, zur Ruhe zu kommen. Neun Zettel fand sie bislang. Wer weiß, wie viele sich noch in den Schränken verbergen. Die Tochter möchte es nicht wissen. Wird sie sich mit ihrer Mutter noch von Frau zu Frau unterhalten können, wie sie es immer getan hatten? Vielleicht wird Bine im Laufe ihres Deutsch-landaufenthaltes Antworten auf ihre Fragen erhalten. Eine tiefe Trauer macht sich in ihrem Herzen breit. Hat sie ihre Mutter schon jetzt, da sie noch lebt, ver-loren?

„Ding, dong."

Mutter öffnet die Tür, Bine lauscht vom Wohnzimmer den Geräuschen. Eine ihr fremde Kinderstimme plap-pert fröhlich und nennt Bines Mutter Oma. Das Kind entdeckt die Geldbörse auf den Treppenstufen, verkündet dies lauthals, huscht geschwind durch alle Räume, reißt die Türen auf, zum Teil auch die Schränke und ruft:

„Neun Zettel habe ich gefunden! Wo ist der Zehnte, Oma? Den kann ich nicht finden?"

„Schau mal in der Küche im Gefrierschrank nach und hole gleich das raus, was du dort entdeckst", sagt die Oma verschmitzt und zwinkert Bine zu.

Die sitzt mittlerweile senkrecht auf dem Sofa, versteht nicht so recht, was hier passiert. Fragezeichen machen sich in ihren Augen breit.

Die Kleine kommt mit allen Zetteln ins Wohnzimmer, sagt höflich „Hallo" zu Bine, legt die Beute auf den Tisch und beginnt zu lesen. Auf dem letzten Zettel steht ‚ERDBEEREIS'.

Bines Mutter kommt mit drei Schälchen und Löffeln ins Zimmer, schaut Bine an und erklärt:

„Heute waren dreisilbige Wörter dran. Leah und ich spielen das Spiel, seit die Kleine lesen lernt. Nächste Woche sind Wörter mit vier Silben dran. Du machst es mir immer schwerer, Leah."

Während sie das sagt, stöhnt sie und wischt sich mit dem linken Handrücken über die Stirn, als wolle sie das Gesagte bekräftigen. Leah, offensichtlich die Tochter ihres jüngsten Bruders, lacht stolz.

„Bine, hast du dich gar nicht über die Zettel gewundert? Ach übrigens, wir werden gleich mit der ganzen Familie in unserem Lieblingslokal essen gehen und morgen tanzen wir in den Mai. Ich habe die Karten schon bestellt."

Bines Blick richtet sich gen Himmel. ‚Danke!'!

Gudrun Schultz-Pohlen

Alles nur Fassade

Wieder schnuppert er an seinem Jackenärmel, rümpft die Nase und riecht dann an seinen Fingern. Er wird den Geruch nicht los: den Geruch von Nikotin, abgestandener Luft, Angst, Gewalt und Urin. Jede Faser seiner Kleidung scheint in dem Gemenge von Düften ohne seine Erlaubnis gebadet, jede Pore seiner Haut scheint sich damit vollgesogen zu haben.

Seine Gedanken sind nicht hier auf der Straße, sondern weit weg. Ein gefährliches Spiel! Das Auto kennt die Strecke und bringt ihn seinem Zuhause näher. Diesem Ziel, dem er schon morgens sehnsüchtig entgegensieht, dem er abends aber, nach der Arbeit, belastet mit den Leben der Menschen, sich nicht wieder nähern möchte.

Er schnüffelt erneut. Es scheint, als hielte man ihm einen mit Nikotin getränkten Wattebausch unter die Nase. Unfassbar. Schon im Hausflur nahm er den vertrauten Geruch wahr. Dabei hat er nur eineinhalb Stunden in der Wohnung einer seiner Familien verbracht.

Ja, er hat viele Familien. Er ist reich an Kindern, Müttern und Vätern, reich an Wohnungen. Einige seiner Kinder hängen wie Kletten an ihm. Andere beäugen ihn misstrauisch, wenn er erscheint. Wieder andere können es nicht erwarten, bis sie allein mit ihm sind, um unzensiert reden, ungestört atmen und lachen zu können. Viele freuen sich, wenn die Klingel läutet und ihn ankündigt.

Es gibt immer so viel zu erzählen: Wie hat jeder die vergangenen Tage erlebt? Wie waren die Nächte?

191

Gibt es noch genug Essen im Kühlschrank? Die Kinder und Eltern können gar nicht genug davon bekommen. Sie wollen ihm berichten, was sich alles zugetragen hat, wollen ihm nah sein. Sie wollen etwas von seinem Leben aufsaugen, von seinem Glück und seiner Stärke ein Stück raus brechen.

Endlich ist er wieder da. Er, der Interesse an ihnen, der eine Beziehung zu ihnen aufgebaut hat. Der Mann, der sich mit ihnen verbunden hat, der zuverlässig ist, auch wenn man ihm in der Vergangenheit die Tür vor der Nase zugeschlagen hat. Er, den sie angelogen haben. Wie ein Stehaufmännchen hält der Mann all die Nackenschläge aus. Er richtet sich immer wieder auf, als wäre nichts geschehen.

Einige jedoch berichten kontrolliert von ihrer vergangenen Woche, als seien sie auf der Hut vor ihm und seiner Organisation. Werden sie diese Woche Gehorsam heucheln und jegliches Misstrauen durch ihre munteren Erzählungen wegwischen können? Wird man ihnen wieder eine Galgenfrist setzen, wird man ihnen ihr Leben lassen? Die Eltern denken, es gelingt, die Spuren der Grenz- und Gesetzesüberschreitungen zu verwischen und falsche Fährten zu legen. Er lässt es zu, spielt das Versteckspiel bis zu einem gewissen Grad mit, jedoch nicht, ohne kleine Pfeilspitzen in Form von Andeutungen abzuschießen. Die machen deutlich, dass er wach und aufmerksam ist und bleibt, dass er verstanden hat, welches Spiel hier gerade gespielt wird. Was dazu führt, dass das Gefühl zwischen allen Familienmitgliedern und ihm angespannt bleibt. Alle sind bis in die Haarspitzen wach, selbst die, die sich sonst nicht in Menschen einfühlen können.

Doch in diesen extremen Situationen spüren sie etwas. Die Lügen und Nachlässigkeiten lassen sich nur schwer verstecken. Eigentlich müsste er doch Spannungen abbauen. Aber in diesen Fällen sind sie nützlich, damit vermeintliche Täter nicht übertreiben, damit sie bemüht sind, sich unter Kontrolle zu behalten, damit sie seine Macht spüren.

Jeder ahnt, was der andere denkt, ohne es aber genau zu wissen.

So wie vorhin in der Großfamilie:

„Darf ich gleich Rad fahren", fragte Janet den Vater?

„Weiß ich noch nicht!", antwortete die Mutter.

„Wann darf ich denn raus? Kann ich Sonntag in die Kirche? Da werden welche konfirmiert, die ich kenn`. Dann weiß ich, wie das geht und hab` keine Angst davor!", fuhr Janet fort.

„Nun halt mal deinen Mund und iss auf!", polterte die Mutter.

Der Vater wusste, dass er hätte antworten müssen. Die Mutter wusste es, Janet auch. Aber wusste sie, wie es weitergehen sollte?

Kein Blickkontakt, keine klaren Antworten, nur harsche Worte und Unsicherheit.

Janet blickte betreten zu Boden, die Mutter und der Vater taten so, als stünde keine Antwort aus, obwohl sie die schon wussten. Verbote sind hier an der Tagesordnung.

Keine Widerworte von Janet. Sie duckte sich. Ungeduld und Unverständnis lagen in ihrem Blick. Sie begann mit ihrem Körper zu wippen.

„Sitz still!", wurde sie von beiden Elternteilen gleichzeitig angeherrscht.

Eine Situation unter vielen in den vergangenen eineinhalb Stunden. Die Luft war zum Schneiden. Masken wurden aufgesetzt, die gute Miene zum bösen Spiel machten.

Er saß bei Janet, berührte sie kurz am Arm. Er sagte

ihr ruhig, dass er, bevor er gehen würde, noch beide Fragen mit den Eltern klären werde. Janet blickte zu ihm auf. Sie lächelte zaghaft, in der Hoffnung, die Eltern mögen es nicht gesehen haben. Sie aß geistesabwesend weiter. Die jüngere Schwester lachte.

Die Eltern nehmen immer Anstoß am Lachen ihrer Kinder, wenn sie selber nichts zu lachen haben.

Warum kann er nicht immer bei Janet sein, fragte er sich zum x-ten Mal innerhalb der vergangenen Minuten. Warum kann er nicht ihr unsichtbarer Engel sein, der sie stärkt und stützt, ihr die fehlende Geborgenheit schenkt und sie nährt, bis sie für sich selber sorgen kann?

Gestern holte er vier seiner vielen Kinder vom Kindergarten ab. Der Zweitjüngste, gerade mal vier, raste in seine Arme.

„Nimmst du mich heute mit nach Hause, bitte?"

„Nein, das geht nicht, du Sonnenschein. Deine Mutter würde traurig sein und weinen!", flüsterte er ihm zu, während er ihn auffing und sich fröhlich mit ihm drehte.

„Nein, das stimmt nicht! Du kannst mich ruhig mitnehmen. Mama merkt das gar nicht", bricht es aus dem Kind hervor.

Ob die Mutter weiß, dass ihr Sohn spürt, dass der Kleine nicht in ihr Leben passt?

Eine interessante Frage, der er nachgehen wird.

Wie gern würde der Mann einmal all seine hundert Kinder einpacken, ihnen Geborgenheit, Hülle und Halt geben und ein Lächeln in ihre versteinerten Gesichter zaubern.

Einen Tag zuvor hatte er wieder so eine Horrorgeschichte erlebt. Er musste die Cola aus der Säuglingsflasche des vier Monate alten Babys schütten.

„Die Grenze ist überschritten! Das ist lebensgefährlich für das Kind", sagte er eisig, den Blick auf die Mutter gerichtet, während die Cola im Ausguss sprudelnd versickerte.

Diese unsichtbare überschrittene Grenze, von der so viele Eltern keine Ahnung haben, wo die sich befindet, entschied gerade über das Schicksal des Säuglings.

„Er trinkt Cola am liebsten. Milch und Tee mag er nicht!", quakte die Mutter genervt und beleidigt.

„Das ist eine Ausnahme, dass da Cola in der Flasche ist!", tönte die Mutter in der vergangenen Woche und schüttete selber nach der Kritik demonstrativ das Babygift ins Klo.

Jegliches Gefühl, jegliche Empathie für ihre Kinder sucht er oft vergeblich. Verloren haben viele Menschen diese „Eltern – Qualitäten" vermutlich nicht. Das würde ja bedeuten, dass die Eltern sie mal besessen haben. Davon kann aber nicht ausgegangen werden. Anderenfalls könnten diese Qualitäten verschüttet sein, und zwar so tief, dass diese das Tageslicht niemals erblickt haben, vielleicht nie erblicken werden.

Nun ist der Mutter klar, dass Konsequenzen folgen werden. Die für sie unberechenbare Organisation wird eingeschaltet. Hatte die Mutter doch in den vergangenen Monaten ihrer Meinung nach perfekte Antworten parat, so ist es ihr heute entglitten. Sie hat den Bogen überspannt, sich zu weit gewagt. Sie hat mit dem Leben ihres Babys gespielt.

Das Auto hat sein Ziel erreicht. Er steigt fast widerwillig aus. Nun lässt er die Autotüren noch einen Moment offen, möchte am liebsten den Innenraum mit Blumenduft benetzen. Er schließt die Haustür auf, geht zurück zum Fahrzeug und verriegelt es.

Drinnen bemerkt er, dass er es wieder einmal nicht hatte verhindern können. Er schaut in den Spiegel, sieht eine bleiche, ihm fremde Gestalt und erkennt, was er kaum ertragen kann. Tiefe, dunkle Augenringe, fahle Gesichtsfarbe, tiefe Furchen. Er hat erneut alles mitgenommen. Die Arbeit in der Organisation hat sich in sein Gesicht gebrannt. Alles haftet wie klebriger Teer an ihm:

Der Geruch, der Dreck, die Geschichten, die Ernsthaftigkeit, die Verantwortung, der Druck der Organisation.

Wieder war er derjenige, der in den Augen seiner Familien die Bedrohung in ihr Leben brachte. Mit ihrer diffizilen, versteckten Gewalt können sie gut umgehen. Mit seiner Macht nicht. Die ist gemein, unausweichlich, öffentlich.

Er entkleidet sich, angeekelt von seinem Anblick, seinem Geruch, und zieht seine Routine durch. Die Handschellen, die man ihm schon vor Jahren angelegt hat, schneiden in seine Handgelenke.

Die Kleidung verschwindet im offenen Maul der Waschmaschine. Schon rauscht das Wasser durch die Schläuche und lässt die Spuren des Tages allmählich versickern.

Er hingegen verspürt immer noch die latente Gewalt und riecht den penetranten Gestank der vergangenen acht Stunden.

Das Wasser, das über seinen Körper läuft und der Schaum vermögen nicht, das auszulöschen, was er abgeben will. Die Bürste schrubbt stärker, die Haut rötet sich. Alles tut weh.

Jetzt spürt er den Schmerz in seinem Körper. Die Angst davor prägte viele Minuten seines Tages.

Der pochende, beißende, stechende Schmerz hat sich

wieder in seinem Kopf breitgemacht. Nun ist alles so, wie er es seit Monaten kennt. Er ist ein Gefangener des Systems, sinkt unter der Dusche in die Knie, bemerkt das Zittern seines trainierten Körpers nicht, dreht die Temperatur des Wassers höher und spürt dennoch keine Wärme auf und in sich.

Poch, poch, poch, poch! Der Kopfschmerz hat ihn im Griff.

Sein Blick wandert durchs Bad, bleibt an der Flasche hängen, die seit gestern an den Fliesen lehnt. Schon jetzt benebelt kriecht er zu ihr, nimmt einen kräftigen Schluck. Endlich macht sich Wärme in seinem Körper breit.

Er begießt seinen Feierabend.

Seine Mutter hatte ihn immer vor dem Beruf des Sozialarbeiters gewarnt.

Gudrun Schultz-Pohlen

Berührungen

Heute früh wurde ich nur einmal ins Esszimmer geschoben. Seitdem stehe ich hier ohne Beachtung.
Gestern hatten alle offensichtlich viel Zeit. Schon in den ersten Morgenstunden nahm man mich mit nach draußen auf die Terrasse. Wie sie es dort lieben. Am schönsten ist es für alle, wenn ein leiser, lauer Sommerwind sie berührt, sie einhüllt. Davon können alle gar nicht genug bekommen. Wenn es dann noch nach Rosen duftet, frischer Kaffeegeruch in der Luft liegt und die Familie um mich versammelt ist, könnte ich wohl noch lange leben.
Kaum stand ich draußen, hüpfte auch schon Tessy, die zehnjährige Hauskatze, auf mich rauf. Ihrem Schnurren und dem dezenten Schnarchen kann man entnehmen, dass es ihr gut geht. Tessy bringt Ruhe in diese Familie.
Der Kleinste krabbelte über die Holzbretter, es ist Douglasie, immer hinter einer Ameise her. Mit dem Pinzetten Griff versuchte Noah, das Insekt zu greifen und es in den Mund zu stecken. Ohne Erfolg! Seine Fingerchen blieben leer. Noahs Mutter Nadine beobachtete alles vom Tisch aus und war froh, dass sie sitzen bleiben konnte und nicht zum Schutz des Kindes und der Ameise eingreifen musste. Sie biss von einem Croissant ab, nachdem sie es in ihren Kaffee getunkt hatte.
Lukas erschien in der Terrassentür, lief plötzlich wie ein geölter Blitz und mit Lokomotivgeräuschen „tschutschu, tschutschu" einmal um mich herum, rempelte mich dabei an, ohne sich zu entschuldigen,

und kletterte umständlich auf einen Stuhl. Sommer-
düfte, Wind und Ameisen waren ihm egal. Er wollte
Nutellabrot. Nicht mehr und nicht weniger.

Mit seinen kleinen Fäusten trommelte er auf dem
Tisch herum, griff dann zum Kakaobecher und trank
einen ordentlichen Schluck. Nadine musste grinsen,
als sie ihren Ältesten und den braunen Schokobart
über dessen Oberlippe sah.

„Hier ist dein Brot, lass es dir schmecken", sagte sie
und reichte dem dreijährigen Kindergartenkind einen
Frühstücksteller mit Schokocreme auf Biobrot.

„Lecker! Da läuft einem ja das Wasser im Mund zusammen", posaunte Felix, der Vater der Kinder, als er
auf die Terrasse trat, noch ehe Lukas vom Brot abbei-
ßen konnte.

Jetzt war die Familie komplett. Wie jeden Morgen bei
trockenem Wetter versammelten sich alle auf der
Terrasse zum Frühstück, bevor sie kurze Zeit später
auseinander drängten.

Infolge der fortgeschrittenen Zeit wurde Noah nun
aufgehoben, in seinen Hochstuhl zu mir gesetzt und
mit einem milchigen Brei von seinem Papa Felix gefüttert. Der volle Breilöffel verschwand im kleinen
Mündchen, während fast gleichzeitig auch Noahs
Händchen im Mund verschwanden. Dem Papa ging
das alles viel zu schnell.

Noch ehe Felix sich versah, klebte Brei in seinem Haar
und auf mir. Bisher hatte niemand Notiz von mir genommen, kein Wort an mich gerichtet, so, als wäre
ich gar nicht da gewesen. Das bin ich schon gewohnt.
Letztlich ist es gut, dass sie mich überhaupt mit auf
die Terrasse nehmen. Sie wissen nicht, ob es mir an
der frischen Ostseeluft gefällt. Ich kann ja weder
sprechen noch gehen.

Doch jetzt, da ich überall klebte, nicht in der Lage bin,

mich selber zu säubern, hätte ich eine Entschuldigung erwartet. Zumindest hätte ich erwartet, dass entweder Nadine oder Peter, die Milchpampe mit einem weichen, feuchten Tuch wegwischten. Nichts dergleichen geschah!

Weder Entschuldigung noch Säuberung!

Noah wurde zu Ende gefüttert und abschließend im Badezimmer frisch gemacht. Lucas begleitete Nadine ins Bad und schrubbte dort mit seiner Zahnbürste Zähne, Waschbecken und als niemand hinsah auch das Toilettenbecken. Dann ging alles ganz schnell: Schuhe an die acht Füße, Jacken wurden angezogen, Taschen umgehängt, Terrassentüren verschlossen, Fenster verriegelt und ab ging die Post.

Der Sturm war vorbei.

In Windeseile war es mucksmäuschenstill um mich herum.

Die Markise war noch ausgefahren, zum Glück. Denn mich hatte man auf der Terrasse stehen gelassen.

Ich blieb unbeachtet, schutzlos.

Schutzlos ist etwas übertrieben.

Immerhin hatten sie mir die Schattenspenderin gelassen. Wie gern wäre ich nun drinnen an meinem Lieblingsplatz gewesen.

Man hatte mich zurückgelassen, wie einen ungeliebten Gegenstand. Dabei wusste ich, dass sie mich gernhatten. Jeder aus der Familie gesellte sich immer mindestens einmal am Tag zu mir, schaukelte mit mir, schwieg mit mir oder las mir etwas vor. Und jetzt? Vergessen!

Vergessen bis um 17 Uhr. Dann endlich öffnete sich die Terrassentür. Felix trat nach draußen, schaute gen Himmel, sah die dunklen Gewitterwolken aufziehen, und murmelte:

„Da haben wir noch mal Glück gehabt!"

Kein Wort der Entschuldigung!

Umständlich bugsierte er mich ins Esszimmer.

Nun stellte der Vater der Kinder mich in die Nähe des Esstisches, wo ich hingehörte, wo sie mich immer hinstellten.

Die Haustür wurde aufgerissen, Lukas stürzte in den Flur, schleuderte Stiefelchen und Kindergartentasche in eine Ecke, rannte auf mich zu, sodass ich mich am liebsten geduckt hätte, und kletterte auf mich rauf.

Seine Händchen hielten sich an mir fest, und gemeinsam schaukelten wir in den Abend hinein.

Nun war die Welt für mich wieder in Ordnung...obwohl ich vorher gern noch gesäubert worden wäre. Aber es gibt wirklich Wichtigeres im Leben als Sauberkeit.

Ja, das war gestern.

Heute scheint mich niemand zu brauchen. Mittlerweile hat die Bornholmer Standuhr sechs geschlagen, das heißt, ich stehe hier seit vielen Stunden nutzlos herum.

Oh, jetzt kommt Nadine. Sie legt ein Schaffell auf mich drauf, streichelt einmal über meinen Rücken und hängt ihre Handtasche über mich. Das gefällt mir.

Mir fallen ihre Worte ein, die sie gestern Abend vor dem Schlafengehen zu Felix sagte:

„Ich glaube, es gibt kaum etwas Wichtigeres im Leben, als gebraucht und berührt zu werden. Ich meine nicht nur die seelische Berührung, sondern auch die Körperliche. Dann ist man ganz bei sich!"

Das geht nicht nur den Menschen so, sondern auch mir als Schaukelstuhl.

Gudrun Schultz-Pohlen

Endlich bist du da!

Wie lange schon habe ich mich nach dir gesehnt.
Ich konnte es nicht erwarten,
zu sehen, wie du aussiehst,
wie du riechst,
wie du lachst,
wie du guckst,
wie du dich bewegst,
wie du dich mir mitteilst,
wie du sprichst,
wie du liebst,
wie du genießt.
Wie lange schon habe ich mich nach dir gesehnt.
Ich konnte es nicht erwarten, zu sehen,
wie du gibst,
wie du nimmst,
wie du handelst,
wie du vertraust,
wie du spürst,
wie du tröstest,
wie du vergibst,
wie du zuhörst,
wie du wartest.
Wie lange schon habe ich mich nach dir gesehnt.
Ich konnte warten.
Jetzt bist du da!
In meinem Leben und ich bin dir nah.

Gudrun Schultz-Pohlen

Sozialarbeiterin – Perspektivwechsel

Ich darf mich mit fremden Kulturen vertraut machen.
Ich darf täglich in Kinderaugen baden,
mich berühren lassen von dem Leben der anderen.
Ich darf aus Lärm in den Familien einen Klangteppich
weben,
kann Sprachen in meinem Körper klingen lassen.
Ich darf Perspektiven wechseln,
vernichtende Äußerungen meines Gegenübers in
Überforderung und Angst umformulieren,
darf in fremde Seelen tauchen.
Ich darf unterschiedliche Erziehungsstile wahrnehmen,
darf zum Recht verhelfen,
liebevolle Worte in die Welt setzen,
afrikanische Spiele kennenlernen,
Geheimnisse hüten,
darf Menschen miteinander bekannt machen.
Ich darf türkische Weisen tanzen,
die Mütterlichkeit vieler Kulturen erleben,
darf Werte und Wissen weitergeben.
Ich darf sehen, wie Kinder aufblühen,
darf kurdische Lieder mitsingen,
dabei sein, wenn Kinder erste Schritte wagen.
Ich darf Liebe in kalte Herzen pflanzen.
Ich darf Gastfreundschaft zeigen,
fremde Vokabeln lernen,
syrische Traditionen entdecken,
darf meinen Wissensdurst stillen.
Ich darf Werte und Wissen anderer Kulturen kennenlernen,

von Kindern lernen und
Gastfreundschaft erleben.
Ich darf von starken und schwachen Frauen lernen,
Unscharfes scharf werden lassen,
Fehlverhalten verstehen.
Ich darf chinesische Verse hören,
Kinderverhalten interpretieren.
Ich darf fremde Wohnungen betreten,
Vertrauen schenken und erfahren.
Ich darf der Stille lauschen,
darf nach spanischer Musik tanzen,
den Umgang von Paaren im Miteinander erleben
und Hindernisse aus dem Weg räumen.
Ich darf trösten,
Fehler machen,
Frauen stärken und stützen.
Ich darf in iranische Geschichten tauchen,
rumänische Traditionen kennenlernen
und Familiengeheimnisse erfahren.
Ich darf Kinder schützen.
Ukrainischen Ehrgeiz und Humor erleben.
Ich darf Mut machen
Stille schenken
Rituale kennenlernen
und das Leben anderer sortieren und strukturieren.
Ich darf italienische Temperamente erleben,
Hülle und Halt geben,
Entwicklung erkennen
darf herzhaft lachen,
darf Leid erkennen und Teil der Verarbeitung werden.
Ich darf für unbeschwerte Stunden sorgen
und am Puls der Zeit sein.
Ich darf Herzen öffnen,
aus den Melodien der Familien Lieder des Stadtteils
werden lassen.

Ich darf an der Freude anderer teilhaben,
darf das große Ganze überblicken,
mich weiter entwickeln
und mich vom Tun anderer anstecken lassen.
Ich darf aus Tsunamiwellen in Familien Wellen werden lassen, die nicht zum Ertrinken führen,
darf zur Bewegung und zum Handeln motivieren
und aus Dramen Komödien machen.
Ich darf den ersten Schritt tun.
Ich darf mit Menschen Tränen lachen,
täglich lernen
und Liebe erleben.
Ich darf Träume erfahren und selber träumen,
darf Teil der Integration sein.
Ich darf mit allen gemeinsam säen und ernten,
Wünsche hören und selber welche formulieren,
darf großzügig sein und Großzügigkeit erleben.
Ich darf vorlesen,
unterscheiden,
darf Licht ins Dunkel bringen.
Ich darf nach Lebensrhythmen tanzen,
Wörter sammeln und verschenken,
Achtsamkeit in Familien bringen
und darf von der Kreativität der Menschen ein Stück
abbrechen und bewahren.
Ich darf von fernen Ländern träumen,
darf die Kostenschere in meinem Kopf ausblenden
und nach meinem Herzen handeln,
Verbundenheit fühlen,
Vertrauen schenken und empfangen.
Ich darf mich täglich durch Blicke, Worte, Lächeln und
Gemeinschaft beschenkt fühlen,
darf mich inspirieren lassen,
ausgelassen mit Kindern toben.
Ich darf mit anderen Seelen schwingen

und Nähe und Bindung erleben.
Ich darf mit anderen Menschen aus dem Alltagsgrau
ein buntes Bild entstehen lassen,
darf polnische Kunst kennenlernen
und Kultur und Sprache vermitteln.
Ich darf Bildung fördern.
Ich darf an Fachleute weiter vermitteln,
darf konsequent sein,
darf die afrikanische Schule besuchen
und erleben, wie Familien ein Lächeln in mein Gesicht
zaubern.
Ich darf sprachlosen Menschen Worte schenken,
mich aufklären lassen und selber aufklären.
Ich darf deutsche Rituale vermitteln,
Teil des Ganzen sein,
darf Selbstständigkeit fördern
und Hilfe zur Selbsthilfe ermöglichen.
Ich darf mich auf die Suche nach Ressourcen begeben,
darf armenische Gedanken erfahren.
Ich darf Grenzen setzen,
Schranken öffnen
und aus Fehlern lernen.
Ich muss ich bleiben.

Gudrun Schultz-Pohlen

Badetag

Morgen ist es wieder soweit.
Alles ist zurechtgelegt. Die Vorbereitungen sind getroffen:
Das heißt, die Kuchen sind gebacken, die Suppe für fünfzehn Personen ist gekocht. In der Küche duftet es noch nach dem gedünsteten Gemüse und den Gewürzen. Kreuzkümmel, Curcuma und Koriander gemeinsam mit den Zwiebeln in gutem Öl erhitzt, lassen im ganzen Haus schnell ahnen, dass man es sich hier bald gut schmecken lassen wird. Der Quarkkuchen nach dem Rezept von ihrer Oma und die Nussrolle, die ihre Geschwister noch aus ihrer Kindheit kennen, stehen schon zum Abkühlen auf der Terrasse bereit.
Soll Rieke heute schon die Kaffeetafel eindecken oder erst morgen nach der Arbeit?
Nein, lieber heute Abend. Dann kann sie sich schon vor dem Zubettgehen am Anblick erfreuen.
Zuerst muss der Esstisch ausgezogen und in einem anderen Winkel gestellt werden, damit alle Gäste daran Platz finden können.
Heute wählt Rieke die lilafarbene Tischdecke. Eigentlich ist es ein Bettüberwurf, den sie mal in einem Möbelhaus erstanden hat. Schon damals war ihr klar, dass sie die Decke als Tischtuch nutzen wird. Das war eine gute Idee, denkt sie jedes Mal beim Anblick der Tafel.
Nun noch das buntgewürfelte Kaffeegeschirr auf den Tisch gestellt und die Teelöffel und Kuchengabeln platziert. Merkwürdig: Fast alle zwei Jahre kauft sie

207

auf Flohmärkten Teelöffel, um immer wieder beim Tischeindecken festzustellen, dass sie wieder keine fünfzehn Löffel zusammen bekommt. Weder in der Spüle noch im Geschirrspüler liegen schmutzige Teelöffel. In der Schublade ist gähnende Leere. Die Waschmaschine schluckt Socken. Welches Gerät hat Interesse an Teelöffeln? Der Geschirrspüler? Müsste er dann nicht längst kaputt sein bei all dem Metall? Da muss man mal Nachforschungen anstellen! Aber nicht heute.

Jetzt fehlen noch die passenden Servietten. Sie entscheidet sich für die einfarbigen, kleinen, fliederfarbenen. Ton in Ton.

Das ist doch nett.

Zwei schlichte Kerzenleuchter aus Keramik mit weißen Kerzen darin zieren nun noch die Tischenden.

Beim täglichen Spaziergang hatte sie heute schon vorsorglich Herbstschmuck gesammelt:

Kastanien, Eicheln, bunte Laubblätter, Physalislaternchen, Hagebutten an Zweigen.

Diese Schätze drapiert sie zwischen den Kuchentellern und Tassen. Nun tritt die Akteurin einen Schritt zurück.

„Passt doch", denkt Rieke, beäugt die Tafel, nickt zufrieden und knipst das Licht aus.

„Alles supi."

Am nächsten Nachmittag kann sie es kaum erwarten, ihrem Arbeitsplatz in der Landeshauptstadt den Rücken zu kehren, um in den folgenden Stunden zu baden, ganz bei sich zu sein.

Ganz da, zuhause, unverstellt, zufrieden.

Daheim angekommen, geht Rieke rasch duschen, um den Alltag abzuspülen, hinter sich zu lassen. Die Leggins, der Rock, das knielange beige Oberteil und die dazu passende Kette werden schnell angezogen.

„Haare offen oder hochgesteckt?", fragt sie sich. Ein Blick in den Spiegel, wo sie beide Frisuren nur antäuscht, sagt ihr:
Haare offen.
„Dann hätten wir das auch schon erledigt", denkt Rieke und nickt sich, zufrieden in den Spiegel schauend, zu.
Nun wird Kaffee gekocht. Heute fügt sie dem Kaffeepulver noch ein arabisches Gewürz hinzu, bestehend aus Zimt, Kardamom und Nelken.
„Bin gespannt, ob jemand die besondere Kaffeenote rausschmeckt", denkt Rieke.
Schade, dass sie selber keinen Kaffee mag. Die Zubereitung und der Duft lassen sie jedes Mal an ihrer Abneigung zweifeln. Ein Schluck des wohlduftenden Gebräus bekräftigt dann aber doch immer wieder ihren hohen Teekonsum. Kaffee ist ihr zu bitter.
Schon zehn vor drei. In wenigen Minuten werden die ersten Gäste klingeln. Das Teewasser kocht. Heute gibt es Sanddorntee und einen Biogrüntee mit Jasmingeschmack.
„Ach, wie freue ich mich auf die erste Tasse Tee. Wenn ich am Tisch zwischen meinen Gästen sitze und zum ersten Mal heute durchatmen kann", freut Rieke sich insgeheim.
Die Kuchen werden von der Terrasse geholt und auf Flohmarkttortenplatten platziert. Sie liebt den Trödel, das Wiederverwerten.
Das Besondere an diesen Käufen ist wohl, dass etwas für den Verkäufer relativ wertlos oder uninteressant geworden ist, während es für den Käufer etwas Hochwertiges, Begehrenswertes und Neues darstellt. Eine Win-Win-Situation.
Altbewährtes und Neubegehrtes.
Rieke lächelt bei diesem Gedanken.

Die Stehlampen leuchten das Ess- und Wohnzimmer in warmem LED-Licht aus. Die Kerzen auf dem Tisch, im Wohnzimmer auf der Kommode und der Fensterbank strahlen.

Ding, dong!

Juchuu! Das Fest kann beginnen. Rieke öffnet glücklich die Tür.

„Kommt alle rein! Lasst die Schuhe ruhig an. Schön, dass ihr da seid! Oh, nein, wie süß! Hast du die Blümchen selbst gepflückt? Danke, dass du einen Kuchen für mich gebacken hast. Du bist doch ein Engel! Stell ihn gleich auf den Tisch. Mmm, sieht der lecker aus…"

Rieke redet ohne Punkt und Komma. Ihre Schwestern, Schwager, Neffen, Nichten, Mutter und Schwiegereltern trudeln nacheinander ein, als hätten sie sich abgesprochen. Die Haustür muss zwischendurch gar nicht geschlossen werden. Kaum haben die ersten Gäste ihre Jacken im Flur aufgehängt, stolpern schon die nächsten Familienangehörigen ins Haus.

Fröhliche Umarmungen, lange nicht gehörte Komplimente über die eine oder andere Frisur, das Outfit oder die neuen Schuhe, über die Kaffeetafel oder den gemütlichen Rahmen des Festes machen diesen Tag zu einem besonderen. Rieke wendet sich mal dem einen, mal dem anderen Gast zu. Ununterbrochenes Geschnatter und Geschirrklappern, so dass man kaum den Nebenmann verstehen kann, füllen das Zimmer. Ihre Mutter tauscht gerade mit deren Urenkelin den Platz, damit die Kleine nah beim Papa sitzen kann. Auch andere tauschen während des Nachmittags und Abends ihre Plätze. Manche rücken enger zusammen, damit noch ein Stuhl in ihre Runde passt oder damit ein jeder ausreichend Platz hat. Riekes Schwager lobt den guten Kaffee. Das hatte sie doch gehofft.

„Was ist denn das für ein Kaffeepulver. Der Kaffee

schmeckt ja ganz anders als sonst!", stellt er fest.

„Geheimrezept à la Rieke!", posaunt die Gastgeberin in die Runde.

„Ne, im Ernst! Ich habe ein arabisches Kaffeegewürz in den Kaffee getan. Hab` ich auf`m Herbstmarkt im Museum entdeckt. Das freut mich richtig, dass du das Besondere rausgeschmeckt hast", antwortet Rieke.

Ihre Nichten tauschen Rezepte aus. Rieke hört mit halbem Ohr zu. Mit dem anderen ist sie bei der Verbreitung von Klatsch und Tratsch aus der engen oder entfernteren Verwandtschaft oder Nachbarschaft. Dass Onkel Willi väterlicherseits gestorben ist, erfährt sie hier. Der Kontakt war schon in den vergangenen 40 Jahren nur noch spärlich. Ach und seine Frau lebt mittlerweile zufrieden in einer Senioreneinrichtung für an Demenz Erkrankte in Süddeutschland.

Hoffentlich bleiben wir von dieser Krankheit verschont, denkt Rieke. Sie erlebt es bei einer Nachbarin, die betroffen ist. Neulich antwortete die alte Dame gar nicht, obwohl sie nur der Gartenzaun von Rieke trennte, als Rieke laut und deutlich mit dem norddeutschen Wort „Moin" die Nachbarin grüßte. Kopfschüttelnd lugte sie zu Rieke rüber und drehte ihr dann den Rücken zu. Ein andermal erzählte die alte Frau, sie habe schon seit Monaten keinen Besuch mehr von ihren Kindern bekommen. Rieke hatte aber gesehen, dass der Sohn am Vormittag das Haus mit den Worten verlassen hatte:

„Dann bis morgen! Tschüüß!"

Lautes Gelächter holt Rieke aus ihren Gedanken zurück. Der Mann ihrer Nichte erzählt gerade Blondinenwitze. Einen hatte sie verpasst. Nun folgt Nummer zwei:

„Eine Blondine und eine Rothaarige treffen sich auf einem Hochhausdach. Beide wollen runterspringen.

Wer kommt zuerst unten an?"

Er schaut in die Runde. Keiner weiß die Antwort, aber alle schmunzeln schon und warten gespannt auf die Lösung.

„Die Rothaarige", klärt der angeheiratete Neffe auf.

„Die Blonde muss erst nach dem Weg fragen!"

Wieder schallendes Gelächter, obwohl mindestens fünf Familienmitglieder blond sind. Keine fühlt sich auf den Schlips getreten. Die Blonden lachen wohl am lautesten.

Rieke nimmt gerade bewusst den Kaffeeduft wahr. Sie atmet tief ein, schließt dabei genüsslich die Augen. Sie kostet diese Zeit in vollen Zügen aus.

Einige Gäste reiben zufrieden ihre Bäuche. Kuchen und Suppe haben ihren Platz gefunden. Auf dem Teppich sitzen Riekes Schwestern mit den kleinen Kindern ihrer Nichten. Sie bauen mit den Holzbauklötzen Türme, die schon die Höhe des Couchtisches erreicht haben. Das gemeinsame Spielen auf dem Boden oder am Tisch mit den Kleinsten der Familie und ganz, ganz viel Lachen prägen die nächsten Stunden.

Beim Tschüss- Sagen am späten Abend verabschiedet Rieke sich nicht nur von ihren Lieben, sondern auch vom Baden.

Sie hat es genossen, das Bad in der Menge, in ihrer Menge, in ihrer Familie.

Das Einlaufen des Wassers war das Eintreten der Gäste in ihr Haus.

Das warme, den Körper sanft umspülende Wasser waren ihre Gäste mit den zärtlichen Umarmungen. Die Lebensgeister wurden wieder geweckt.

Die wohlduftende Seife für ein spürbar gepflegtes Hautgefühl und ein Betören der Sinne waren die liebevollen Worte, das Beisammensein, das miteinander

Lachen. Die Seele durfte baumeln. Energien wurden aufgeladen.

Rieke war, als hätte sie in einem Bergkristall gebadet. Ihre Nerven und Sinne wurden gestärkt. Erschöpfung und Stress konnten ihr heute nichts anhaben.

Die Entspannung, die ein Bad bringt, waren die Stunden der Sorglosigkeit und das Genießen des Tees, der vertrauten Stimmen.

Das Abtrocknen und somit das Ende des Badens waren die Abschiedsworte.

Rieke hat abschließend nicht nur ihre Lieben in den Arm genommen.

Sie hat das Leben umarmt.

Heute war Familienbadetag!

Die Autorinnen und Autoren

Elisabeth Albert, aufgewachsen auf einem Bauernhof blieb sie dem Umfeld viele Jahre treu. Dann gab sie ihrem Leben eine Wendung: Sie wurde Ärztin und begann, die Welt zu bereisen. Beides findet sich in ihren Texten wieder.

Jürgen Baasch, geb. 1945, war bis 2004 Bürgermeister in Bordesholm. Neben ehrenamtlichen Tätigkeiten leitet er seitdem Schreibseminare, Plattdeutschkurse und gibt Hilfen beim Schreiben der eigenen Biographie.

Christa Bollert wurde 1937 in Kiel geboren. Fünfunddreißig Jahre war sie im Schuldienst, zog drei Kinder groß und freut sich nun, im Ruhestand Zeit zu haben zum Schreiben, zum Märchenerzählen und zum Musizieren

Ingrid Brandenburger wurde 1941 auf dem Bauernhof ihrer Eltern in Ostholstein geboren, wo sie aufwuchs und ihre Prägung fand. Als Erwachsene lebte sie in Kiel oder im Kieler Umland. Nach ihrer Berufstätigkeit in einer Apotheke und später im Pharmaaußendienst genießt sie jetzt ihren Ruhestand. Seit einigen Jahren widmet sie sich noch einem weiteren Hobby, der Acrylmalerei.

Gisela Eichholz, geb. 1950 in Ostfriesland, lebt seit 1990 in ihrer Wahlheimat Schleswig-Holstein. Erst im Ruhestand, nach langjähriger Berufstätigkeit als Dipl.-Sozialpädagogin und Supervisorin, hat sie ihre Freude am Schreiben literarischer Texte entdeckt. Sie liebt die Menschen, Landschaft und Pferde von Schleswig-Holstein und geht gerne auf kulturelle Streifzüge zwischen Nord- und Ostsee.

Regina Gay wurde 1944 in Pommern geboren und lebt, nach etlichen Umzügen in der Kindheit, seit 1968 in Annenhof. Die Suche nach Schreibanleitung führte sie in einen Biographiekurs bei Jürgen Baasch, an dessen offener Schreibgruppe sie weiter teilnimmt. Zusätzlich besucht sie Schreibworkshops am Meer.

Traute Lütje, geb. 1942 in Neumünster, verheiratet, drei Kinder, wohnhaft in Boostedt, hat sich nach einem umfangreichen Berufsleben der Schriftstellerei gewidmet, um ihre Freizeit sinnvoll zu nutzen. Schon als Kind begeisterte sie die Kunst des Vaters, der auf die Schnelle seinen Einfallsreichtum in Geschichten ummünzte. Kinderbücher waren eine Rarität, doch forderten vier kleine Krabben ihr Recht auf Unterhaltung. Lustiges, Schräges, Gefühlvolles, aber auch Gruseliges umfasAsten seine Erzählungen. Dieses Kindheitserlebnis sprang auf die Autorin über und wurde zum Leitfaden ihrer neuen Tätigkeit.

Thorsten Schönberg wurde 1965 in Neumünster geboren und ist dort auch immer noch wohnhaft. Von Beruf ist er Maler und Lackierer. Schriftstellerisch schlägt sein Herz besonders für kleine, spaßige Gedichte. Daher rührt auch seine Verehrung für Heinz Erhardt. Aber auch lustige Kurzgeschichten, wie sie im vorliegenden Buch zu finden sind, bereiten ihm viel Freude. Thorsten hat im Jahr 2016 sein erstes eigenes Buch veröffentlicht: Die Limerick-Landkarte: Schleswig-Holstein mal anders bereisen. Erschienen ist es in der Bordesholmer Edition.

Gudrun Schultz-Pohlen wird in einem Flüchtlingslager in Schleswig geboren.
In Kiel macht sie die Ausbildung zur Erzieherin und zur Systemischen Familienberaterin. Nun lebt sie zufrieden in einem Ort bei Kiel.

In der Reihe ‚Bordesholmer Edition' erschienen:

Stand: Mai 2017

Bd. 1: Das Grab auf der Insel
Der erste Bordesholmkrimi
von Jürgen Baasch, Lydia Glaubke, Charlotte Günther,
Ines Reich und Hartmut Wiedling
ISBN 978-3-8448-0006-7   172 Seiten   Preis 9,90€

Bd. 2: De Borsholmer Jedemann
Hugo v. Hofmannsthal sien Stück,
in`t Plattdüütsche sett vun Jürgen Baasch
ISBN 978-3848-21806-6   128 Seiten   Preis 8,90€

Bd. 3: Das Licht
und andere Erzählungen
von Jürgen Baasch, Kirsten Frahm,
Viktor Vogt und Hartmut Wiedling
ISBN 978-3848-22711-2   136 Seiten   Preis 8,90€

Bd. 4: Krimidinner
Kriminalroman
von Hartmut Wiedling
ISBN 978-3848-21971-1   260 Seiten   Preis 14,90€

Bd. 5: Schmalsteder Beifang
Der zweite Bordesholmkrimi
von Jürgen Baasch, Silvia Biener, Charlotte Günther, Diana Kühl
und Hartmut Wiedling
ISBN 978-3-8482-2419-7   164 Seiten   Preis 9,90€

Bd. 6: Murmelspiel und Schabernack
Alltagsgeschichten aus unserer Nachkriegskinderzeit
Biografische Reihe, Hrsg. Jürgen Baasch
ISBN 978-3848241415   168 Seiten   Preis 10,90€

Bd. 7: Biografische Splitter
Biografische Reihe, Hrsg. Elmer Schmidt und Jürgen Baasch
Erzählungen
ISBN 978-3-7322-3098-3   138 Seiten   Preis 9,90€

Bd. 8: Doppelbilder - Vier Paare, acht Geschichten
und ein Gastspiel
9 Erzählungen
von Hartmut Wiedling
ISBN 978-3842-34211-8   136 Seiten   Preis 8,90€

Bd. 9: Ein Haus wird Hundert
Geschichten zur Geschichte
von Franz Rohwer
ISBN 978-3732-25457-6   88 Seiten   Preis 8,50€

Bd. 10: Lotosblüte
Der dritte Bordesholmkrimi
von Jürgen Baasch, Kirsten Frahm, Charlotte Günther,
und Hartmut Wiedling
ISBN 978-3732-28658-4   176 Seiten   Preis 9,90€

Bd. 11: Rezepte für die faule Hausfrau
Kleines Kochbüchlein ohne Anspruch auf Michelinsterne
von Durannimo von der Wied
ISBN 978-3732-28628-7   52 Seiten   Preis 4,50€

Bd. 12: Letztes Jahr
Satirischer Endzeitroman
von Hartmut Wiedling
ISBN 978-3-7322-8940-0   156 Seiten   Preis 9,90€

Bd. 13: Krimiwanderungen
Auf den Spuren der Bordesholmkrimis
von Jürgen Baasch, Kirsten Frahm, Charlotte Günther,
und Hartmut Wiedling
ISBN 978-3-7357-5979-5   52 Seiten   Preis 4,90€

Bd. 14: Wenn Papa lange wegfährt
Ein Bilderbuch für Kinder
Von Kristina Dohrn
ISBN 978-3-7357-2308-6   24 Seiten   Preis 13,90€

Bd. 15: Odile
Erzählung
von Hartmut Wiedling
ISBN 978-3-7357-1940-9   84 Seiten   Preis 7,90€

Bd. 16: Klosterbrut
Gesellschaftspolitischer Zukunftsroman
von Hartmut Wiedling
ISBN 978-3-8370-8979-0   208 Seiten   Preis 10,90€

Bd. 17: Die Seminaristin
Der vierte Bordesholmkrimi
von Jürgen Baasch, Kirsten Frahm, Charlotte Günther,
und Hartmut Wiedling
ISBN 978-3-7357-7074-5   184 Seiten   Preis 9,90€

Bd. 18: Lichtungen
Gedichte und Kurzgeschichten
Von Martin Schmusch
ISBN 978-3-7347-5811-9   92 Seiten   Preis 7,90€

Bd. 19: Nordlicht
Heimatgeschichten
Biografische Reihe
Herausgegeben von Jürgen Baasch
ISBN 978-3-7357-7572-6   180 Seiten   Preis 9.90€

Bd. 20: Vier Männer
Tragikomisches Bühnenstück
von Hartmut Wiedling
ISBN 978-3-7392-2747-4   78 Seiten   Preis 5,90€

Bd. 21: Von Mensch & Tier, Musikern und Gottesdienern
77 Limericks von Michael Struck
77 Bildericks von Dieter Stolte
ISBN 978-3-7375-1943-4 78 Seiten Preis 9,90€

Bd. 22: Spiegelbilder
Heiner Volkers, Hrsg.
Stegner in Schleswig Holstein
ISBN 978-3-00-050146-3 303 Seiten Preis 14,90€

Bd. 23: Halleluja Sakra
Das Muthenberger Missgeschick mit den Gebeinen
Eine historische Mühbrooker Heimatgeschichte
von Detlef Tanneberger
ISBN 978-3-7357-5643-5 236 Seiten Preis 11,95€

Bd. 24: Giftwasser
Der fünfte Bordesholmkrimi
von Jürgen Baasch, Elmer Schmidt und Henning Thomsen
ISBN 978-3-7392-0249 208 Seiten Preis 9,90€

Bd. 25: Menschen und Märkte
Texte von 10 Autoren aus Bordesholm und Umgebung
Herausgegeben von Jürgen Baasch
ISBN 978-3-7393-4090 280 Seiten Preis 10,99€

Bd. 25a: Angekommen?
Autobiographie
Von Gudrun Schultz-Pohlen
ISBN 978-3-7392-1469-2 204 Seiten Preis 12,90€

Bd. 26: Die Limerick-Landkarte
Schleswig-Holstein mal anders bereisen
Thorsten Schönberg, 58 Limericks und ihre Standorte
ISBN 978-3-8423-6959-7 124 Seiten Preis 11,50€

Bd. 27: Bombenstimmung
Der fünfte Bordesholmkrimi
von Jürgen Baasch, Elmer Schmidt und Henning Thomsen
ISBN 978-3-7431-1919-2   192 Seiten   Preis 9.90€

Bd. 28: Lisbeth
Autobiografischer Roman
Von Liza Olivia del Bosco
ISBN 978-3-7431-3759-2   192 Seiten   Preis 14,95€

Bd. 29: Rezepte für den faulen Hausmann
Vorschläge für gelungene Einladungen
Herausgegeben von Jürgen Baasch und Hartmut Wiedling
ISBN 978-3-7431-4072-1   52 Seiten   Preis 4,50€

Bd. 30 Über die Heide
Gedichte von Theodor Storm
in Plattdeutsch gesetzt von Knut Emeis
ISBN 978-3-7431-3814-8   48 Seiten   Preis 5,90€

Bordesholmer Edition
Eine Reihe für Autoren von Bordesholm und Umgebung
Herausgeber: J. Baasch und H. Wiedling
Bordesholmer.edition@yahoo.de

Herstellung und Verlag:
BoD - Books on Demand, Norderstedt
ISBN 978-3-7448-3320-2